梁塵記

福地順一

鳥影社

梁塵記　目次

Ⅰ　花の譜・中標律（エッセイ・1）　7
Ⅱ　奥尻・月暦（エッセイ・2）　77
Ⅲ　啄木小論・四題　157

あとがき　221
総目次　223

■各タイトルごとの小見出し、発表年月日、頁は、巻末の総目次に記しました。

梁塵記

Ⅰ

花の譜・中標律

（エッセイ・1）

□ ミヤマオダマキの花と私

私が大滝村の徳舜瞥山（標高一三〇九メートル）に初めて登ったのは、昭和四十三年五月の中ごろであったろうか。

積丹の田舎で高校教師をしていた私は、俳句仲間の友人と一緒にその山に登ったのである。友は六十半ば、私は三十を出たばかり。ふもとで車を降りると、目の前は草原であった。その緩やかにうねる道を三十分ほど進むと、落葉松の林に入る。さらに二十分ぐらいたどると、道はブナをはじめとする新緑の濶葉樹林帯になり、山ウグイスがまだ整わない声で私たちを迎えてくれた。

その羊腸たる山道をさらに、二時間ほど登って行くと、やがてダケカンバの林が見え、次第にハイマツ帯と重なり始める。間もなくハイマツ単独帯になって、それは這うように一斉に頂上へとなびいている。風が下から吹きあげるからであろうか。

頂上にたどり着いたのは、ふもとから歩き始めて三時間半ほどたってであろう。そこには大きな岩場があり、その岩に手を触れると、花苔の冷涼な感触が指先から心の中にしみ透ってくる。足下からは雲海が広がり流れて、はるかに続く。友はあれはオロフレ、あれは羊蹄、あれは恵庭岳、あれは余市岳と、雲から頭だけをのぞかせている山の峰を教えてくれる。

岩場の周囲は鞍部になっていて、適度の湿潤な土壌があり、花園を形成していた。花はまだ季節に早く、わずかにミヤマキンバイ、コケモモ、タカネシオガマなどがその花を咲かせているに過ぎない。しかし、あの保育社の原色日本高山植物図鑑で予備知識を得ていた花々が、まさしくお花畑を構成しているのを、友によって知らされた。

ふと、私は腰かけている岩場の大きな切れ目から下をのぞいてみた。その時、その小暗い祠のような岩場の中に、ミヤマオダマキの花を私は初めて見た。これがミヤマオダマキ、と直感的に知ったのだ。実に鮮やかな紫色の神秘的な花だった。岩の切れ目のその下の岩と岩のわずかなすき間に、三株ほど並んで咲いていたミヤマオダマキ。露にぬれそぼち、山風に吹かれ、楚々と揺れているその様に、私はしばし自分を忘れ対峙していた。

純粋無垢の自然の花、自然に媚びず、自然に逆らわず己が領分を守って気骨正しく咲いている健気な花。厳しくも美しい自然の中で長い年月に淘汰され、みがき抜かれてきた花。私は思わず天の工《たくみ》のすばらしさに心打たれ、一時自然と全人的に融合していたのである。

ミヤマオダマキが私の鉢の中で今、花を咲かせている。朱泥色した常滑焼の鉢の中で咲いている。手作りの如雨露の首から降り注ぐ噴霧をいっぱいに受けて、今朝の棚を飾っている。あの小さな身体に、あの抜けるような原色の大きな花をつけ、間もなくその種子を裂果の中に孕むことであろう。

あの年のあの夏に、再度、徳舜瞥に登って採種したその末裔である。実生は意外にたやすく成功し、四年後には次から次へと花を咲かせていた。私はその花を愛しいものとして大事に育て、そしてその花の実を親しい人々にもあげ、山にも一度は返して来た。

清楚な形の常滑鉢の中で、鹿沼の赤玉、積丹の黒ボカ、松倉の川砂を調合したその土の上で、今もミヤマオダマキの花は強い日差しに照らされながらも、楚々としたその姿を見せている。

（「北海新道聞」S51・7・1）

回　ある日の私の釣行記

私はかって後志の余市に住んでいたことがある。その余市より南約十五キロほどのところに大江という村がある。長州藩主毛利元徳の遠縁に当たる大江広元を追慕して、明治十四年に同地を開墾した人々がつけた名である。

私は余市からバイクでよくこの大江の栗栖の沢に釣行に及んだ。

大江橋を左に折れて雑木林を五、六百メートルほど入ったところに栗栖という一軒家があり、その農家の裏山を起点とする沢を、人々は栗栖の沢と呼んでいる。沢は流程四キロほどの全くの枝川で、栗栖の家より約三百メートルほど下方で余市川に流入しているのだ。

ここはヤマベの宝庫である。水量はこの沢の途中、灌漑用の取水場まではあまり多くない。沢の入口栗栖の庭先横に札幌ナンバーの車がたまに止まっていることがある。札幌の釣師連も探訪にやって来るのであろうがたいていは失敗して帰っているらしい。水量も多くなく、釣果も少ないからであろう。本当はその沢の取水口から上流が水量も多くヤマベも釣れるのであるが。

私は栗栖の沢の入口から約三時間ほどかけてその沢をのぼる。取水口からは二キロほどのぼることになる。釣果は平均して一日四十四ほどになる。

そこは私を魅了する流れであり、私の穴場である。秘密の穴場であるから誰にも知らせたことがない。渓相も整い、変化に富んでいていたるところにほどよい深みと瀬があり、ヤマベも良型である。釣りはいつも一人で出かけた。心の中に孤独を飼い慣らすためでもある。

私の他にそこを穴場としている人が二、三人ほどいたようだ。朝早く行って一間ほどもない川幅に、山蜘蛛が川幅ほどの巣を張っていたりすると、その日は先客のいない証拠となる。ところがそれが時に不自然に乱れていたり、濡れた足跡が石の上に著く落してあったりすることがある。誰かがこっそりと入っているのだ。しかしながら不思議とその釣り師と会ったことがない。影を見せないのである。釣りを職業としている人のような感じだった。

それはともかくとして、ある晩秋の日曜日、私はいつものように余市からバイクでその沢に出かけた。昭和四十五年頃のことである。大江橋を左に折れていつものところでバイクを降り、いつものところで仕掛けを用意してその沢を遡行した。森閑として寂寥感のせまる川の風景は私を魅きつけてやまない。苔の匂い、巧まずしての盆石、風の沢を渡る音、切られた視界の雨脚の動き……。

その日、人の入った形跡はもちろんない。相も変らずして川は静かに澄みに澄み、そして手応えも薄い。例の取水口まで一時間ほとかかったろうか。そこから百メートルほどのぼると、陽の届かない岩場の瀞がある。ヤマベはこうした陰気なところを嫌う魚である。それにそこは取水場から近いので、農夫達の川をかき乱す音を嫌ってヤマベは居つかないようである。

しかし私はそこに来ると必ずと言っていいほど、不思議に妙な興奮を覚え、釣糸を垂れてしまう。そして決まってまた、軽い失望を余儀なくされるところでもあった。

その朝も私は背を低め、手前の朽ちた風倒木の陰からすっとエサを送り込んだ。頭上は木々の枝が低く垂れているので、ちょっと技術を要するところでもある。

その時バジャッと音をたてて大物がエサをめがけて水面に踊り出たのだ。その水音と残像から、私は反射的に釣竿をあげてしまった。一瞬呼吸が合わず、完全な失敗である。

私はすぐエサ（ドングイ虫）をつけ変え心を静めて同じポイントへ投げてみた。全然アタリが来ない。そこで今度は小さい板ナマリをつけて、底に沈めるようにしてねばってみた。それでも手応えがない。私はがっかりして、瀞の縁に立ち、もう一度その住みかと思われる辺りに目をやった。大物はこの小淵の奥に潜んでいるようだ。

次の日は月曜日で仕事もあったが、前日のことが忘れられず、薄暗い中に出かけた。空は雲一つなく明るい朝を予想させていた。

その日は「大物」だけを狙って、灌漑用の山道をのぼった。そして取水場で仕掛けの準備をし、道糸に一号の、ハリスに〇・八号の銀鱗を用い、心のたかぶりを流れに沈ませながら、身をかがめてまた投げ込んだ。そのアタリの強いことガツガツッと来た。今度は慎重に、心を落ちつけて、一つ、二つと「間」をおき、鋭く合わせてやる。竿はしのったが、自慢のこしの強いやつである、折れることはない。「大物」が穴にもぐりこまないように注意しながら、竿先を魚の動きに合せてある程度遊ばせてやる。もうこっちのものだ。そうして、弱ったところを玉網で一気に掬いあげた。横腹にヤマベ特有の薄墨色した楕円紋があり、まさしくヤマベそのものであることが分かる。淵の奥探くに潜んでいるヤマベは少し体色に変化が見られるものなのだ。楕円紋が濃灰色でないのもそれに依る。

その一匹を私は羊樹の葉に包みビクに入れると、純な喜びがくっくっと心の底からせり上がってくる。まだ、かつて釣ったことのない尺余の大物である。

帰りは取水口から真っすぐに、その朝のぼった灌漑溝に沿って山を下りた。いつもの釣りの帰りのコースである。農夫達の踏み固めた道でもあるので歩きやすい。

と、途中私はメジロに会った。時々その道でシジュウカラやヒガラ、モズ、オオヨシキリ、エゾヒヨドリなどの野鳥に出合うことがあるがメジロとは実に珍らしかった。

私は紅葉するブナ林の小枝を飛び回る三羽ほどのメジロにしばし見とれていた。横様に縦様に十文字にとそのすばしこく飛び交う動きの中に何とも言えぬ剽軽さがある。喉は濃い黄色であり背は暗緑色、体側は淡褐色、それよりも何よりも目立つのは目の縁が真っ白なことである。

私はメジロという鳥はよく知っている。小樽の小鳥屋さんから台湾産の輸入証明書付きメジロを買って来て、竹籠に飼っていたこともあるからだ。

と、そのメジロたちは急に動きを止めた。私に関心をもったようである。時々首を傾げながら、あのくるっとした眼で飽かずにじっとこちらを見ている。私は何か済まないことをしたような気がして歩を進めると、私の後ろをそのメジロは枝から枝へと追いかけて来るのだ。私が立ち止まると小鳥たちも小枝に止まる。そして後ろを振り仰ぐと、小鳥たちは恥ずかしそうにいずれもみな、そう、三羽ともみな、小さな葉陰にその愛くるしい顔を隠すのである。頬を赤らめているかのように。

私は知らんぷりをして歩き始めると、その小鳥たちもまた追いかけて来るのが分かる。彼らの羽音、鳴き声などでそれが分かる。私は立ち止まって後ろをふり向くと、また、例のポーズ。頬を赤らめ小枝にしっかり止まりながら葉裏にその顔を隠す。

私はその時何か夢を見ているような、童話の世界に迷い込んでいるような感じであった。

山は全山、錦に燃えている中で、私は完全に自然と融けあっていた。ビクを腰につけ、愛用の竹竿を右肩にして、今様浦島になっているかのような快い錯覚にとらわれながら、

その朝、山径を下った。

――ヤマベは国鉄に勤めている自称「釣りの名人」という人に鑑定してもらうことにした。近くの人でよく知っていたし、また「大物」の証人になってもらおうと思ったからでもある。

「これはヤマベですね」

すると、その名人は言ったもんだ。

「こんな大きなヤマベは見たことがない。ヤマベのようでもあるが、そうでないような気もする。とにかく食べてみなければ分からない。」

私はこの瓢々としたユーモアに感服した。翌日たずねてみたら「やっぱりヤマベでした。」と。

メジロはその後どうなったろうか。その年、雪の来る前に南の方に帰れたろうか。多分あんなに元気だったから、首尾よく帰って、南の国の熟した柿の実を食べ、冬、椿の花の蜜を吸い、春、竹藪や低山の小灌木に巣を作って雛を孵し、そしてまた、北の国、大江の里に向かったことであろう。

そんなことのあった翌年の春、私は函館に転勤になり、その沢にもその里にも行くことがなくなった。

したがって、とんと、メジロにもヤマベにも御無沙汰しているのであるが、それ以来、三

十四センチのヤマベ一匹と、その同じ日に目にしたメジロ三羽は私の脳裡をたびたびよぎるようになった。つれづれなるままによしなしごとを書いてみたがそれにしてもなつかしい話ではある。

（「豊談」S52・6）

□ N高甲子園譚

これは道東の中標津高校時代の思い出話である。

赴任して二年目の平成二年度は、いわば当り年であった。

まず、四月一日付でもって、道教委より「校舎改築設計費」がついた。中旬になってその公文書が入って来たのである。これで改築がはじめて具体的に動き出す。

幾度かの会議を経て、四月末には設計のテーマが「見遥かせ地平線」と決まった。そして学校としてはその年の九月末までに二百分の一の、十二月末までに五十分の一の設計図を仕上げなければならない。

五月の中旬に入って、町に「雹」が降った。これがまた、そんじょそこらの雹ではない。「大半は一センチ大ほどであったが、中には三センチのピンポン玉大の雹」と新聞は報じている。確かにピンポン玉を割って計ってみたら直径はぴったし三センチある。しかし、学校の体育館横の降雹の大きさは直径四センチ大がゴロゴロ、つまりはゴルフボール大なのである。現に、頭に雹を受け、病院で手当てを受ける人も出てくる始末。町を走っていた車という車はすべて屋根が陥没し、無惨極まりない。高校も北側に面した窓ガラスは壊滅状態、五百六十枚ほどが被害に遭った。わずか三十分ほどのことではあったが、あたり一面、雪景色となってしまったのである。「何か今年は変な年になるのかな」「雪の多い年は吉というから吉なのだろう」、町の人の噂である。

そしてその年の七月、今度は野球部が、あれよあれよという間に北・北海道大会で優勝、「甲子園」行きを決めてしまった。下馬評にもあがっていなかったから、正に青天の霹靂。

七月二十六日、決勝戦は名にし負う旭川竜谷高校。場所は新設なった「帯広市民の森球場」であった。

マスコミは完全に竜谷高校を予想していた。しかし、2：0とN高（中標津高校では自称N高と呼称していた）がリードしての七回戦を終わったあたりから、ひょっとすると、というムードが流れ、記者連中もN高をマークしはじめた。それまではわが校の方に寄りつかなかったのである。応援に駆けつけていた町長さんはじめ町の理事者たちも、もし優勝したらどうなるのか、臨時の町議会を開かなければならないのではないか祝勝のくす玉も用意しなければならないのではないかと、あわただしくなってきたのもこの回からである。

結果は4：0と完勝であった。さあ、それからが大変。

球場正門ゲート前で町長、校長、同窓会長、ＰＴＡ会長など急ぎ鳩首会議。甲子園出場の後援会組織の件である。当時、私はここの高校の教頭であったから、事務局長は、私、となる。

七月二十六日の夜は眠れぬままに、二十七日はすぐくる。

甲子園行きは八月二日と決まった。一週間とない。遠征資金はどうするのか。「全道、全国大会出場のために、学校には体育文化後援会がある。何もあわてることはない。その旅費で泰然と行けばいいではないか」、私の考えである。

ところが、そこは魔ものが潜む甲子園。一回戦で負けて帰ってきたとして、一校平均四千万円はかかるというのである。

チアガールはどうするのか。「ないのだから行く必要はない」、私の考えである。しかし、チアガールのいない応援団はない、という。それじゃ明日にでもチアガールの希望者を募り、そして衣装を用意し、振りつけを考え、練習をし、五日間で仕上げることが出来るのか。

一時が万事である。遠征団、応援団の編成も頭が痛い。ブラスバンド部もたまたま全道大会の出場が決まっていて日程が重なり、甲子園には行けないという。それではダメだと後援会の方から文句が出る。

時あたかも、中標津空港は七月二十八日から東京直行便のジェット機が就航することになっている。八月二日の直行便に甲子園行きの野球部員を搭乗させると、町の宣伝効果も抜群となる。

　ところが野球部はその直行便を利用しないと言ってきた。道庁に知事を表敬訪問し、そこから大阪へ直行する。町のために甲子園に行くのではない、というのである。これには町の理事者も頭を抱えた。その調整役がこれまた教頭の仕事ということになる。

　後援会の校内組織もつくられた。これもまた、誰しも残留部隊になりたくはない。応援に行きたいのが人情。残れば寄附回りもある。そこでみな、最前線へと行きたがる。

　そうこうしているうちに、Tシャツやメガホン、帽子、鉢巻きなどの売り込みに、商才たけた業者らが、めでたいことですからサービスしますよ、と押しかけてくる。それもその道の長とつく人の紹介状をもってくるのである。これらも調整しなければならない。

　マスコミの取材攻勢も激しい。対応の窓口は事務局長（教頭）となっている。道新だ、釧新だ、朝日だスポニチだNHKだHBCだとやたらに多い。それに週刊誌その他も加わる。

　もうはや、学校としてはすったもんだの狂騒曲である。事務局長としては組織の仕事の業務日程も作成しなければならない。寄附の趣意書も起案する必要がある。それに、奉賀帳から会計簿、領収書、さらには封筒、名刺の果てまで……。校長からの指導を仰ぎ決裁を経て、学校出入りの印刷業者にそれらをすぐに発注する。すべてはすぐにでなければ間に合わないのである。と、他の印刷屋さんから、「うちでは寄附しなくてもよろしいんですね」、とクレームがつく。あわてて、そこにも、「おめでたいことは皆さんで一緒に祝ってもらいたいと思いまして」と、こちらの方から頭を下げて仕事の一部を回す。

何しろ八月二日までに四千万円を集めなければならない。「それまでに集まるはずもない。帰って来てからでもいいじゃないか」、これもまた、私の考えである。しかし、敗けて帰ってきてからでは、誰も金を出す人はいない、という。もっともである。顔も強張り、青ざめてくる。

しかし、軍資金はあっという間に集まった。寄附回りなどいっさいせずともである。「商工会としては会員五百人に割りあて、二千万円は保障する。これは空手形ではない、約束は必ず守る」、力強い町商工会長の言である。某会員の試算によると、町の宣伝効果は十六億円だという。二千万円の出費など安いというのである。

商工会に続いて、町当局も一千万円出すことになった。東隣りの別海町も九人の正選手のうち二人が町出身であるからという理由で二百万、それではと、北隣りの標津町も百万、そのまた北隣りの羅臼町も五十万と、これでもう三千三百五十万になる。三日間でこうである。結果的に八千五百万ほどが集まった。わがN高の試合が始まるまでのわずか二週間ぐらいの間にである。

道内甲子園組の高校で、それまでの最高額は昭和五十七年時の帯広農業高校の八千九百万円だそうである。帯広農高は時の科学技術庁長官であり首相候補にも目されていた中川一郎氏の母校である。その人のお声がかりとあれば、町も学校も随分とハッスルしたのであろう。N高はそれに次ぐ結果となった。

この年、南・北海道代表は函館の有斗高校。甲子園出場常連校なので市民もクールで、デパートには垂れ幕も下がらない。全教職員、寄附回りをして、三千万集めるのにほとほと苦労したというのを、これは後になってから聞いた話である。

さて、マスコミは連日、酪農の町、片田舎のローカルばかりを前面に出して報じている。「人口よりも牛の多い町、モー大変」「酪農ミルクのミラクルパワー」「期待しているんだから、モウ………！」、あるいは「大会史上最東端の代表校」「東の果ての辺地小規模校」などと囃したてている。

中央のマスコミは特にひどい。カメラは商店街を映すこともなく、いつも野に出、山に向かい、牛の尻ばっかりを追いかけている。まるで町に人が住みついていないかのごとくにである。

ここ中標津町は人口二万二千。北海道二百十二市町村の中で、実は商業力指数が札幌市に次いで第二位、購買力指数も帯広市に次いで同じく第二位なのである。したがって完全に純商業都市として栄えている町なのである。

それから高校の方。これは一学年七間口、二十一学級もある。全校生徒数九百二十五人であれば小規模校でもあるまい。しかし、マスコミの目から見れば、ここは小規模校でなければ絵にならない。田舎でなければ、東端でなければならないのである。そうでなければ、スポーツ紙の全国版一面を飾れないのであろう。

ところで、試合の方はどうだったのか。第一回戦の対戦相手は和歌山県代表の星林高校。これがまた、いい試合であった。

N高擁する武田投手の投球のフォームは参加校随一といわれるほどきれいであるし、選手全員また、草原の風のように爽やかなのである。対する星林は野球王国和歌山代表の古豪。いくつかの山場を見せながら、試合は4：4のまま延長戦に入り、今大会初のナイター試合に。ブラバンの音、いやが上にも高鳴り、チアガールのポンポンも揺れに揺れている。十回表、押せ押せムードの中、ランナーを二塁においての一打がすわや勝ち越し点にと思いきや、ああ白球は走者の足に当り、この回もまた勝機を逸す。

その裏、武田投手は一五一球目を左翼線に運ばれ、あっけなくも試合終了。結果的に中標津高校、5：4とサヨナラ敗けを喫したわけであるが、しかし、観衆の声援は圧倒的にわが方にあった。

終わっても山本監督の表情にあまり変化はない。じつは山本監督は明治の文豪山本有三の遠戚筋にあたる。冷静沈着。長身痩躯、寡黙にしてガンコである。大学時代はロッテから誘いもあったという。一躍ヒーローになったが、相変わらず、物静かな紳士で通している。

道東の「中標津」はこうして全国に喧伝され、「なかひょうつ」から「なかしべつ」へと脱皮していった。全国区へと躍り出たのである。

かくして、一九九〇年の熱い熱い夏は終わった。この時のN高甲子園譚の消費金額は四千五百万円ほどであった。もちろん、残四千万円の利用方法にも、事務局長、頭を悩ませたのは言うまでもない。

ちなみに、一年後の平成三年に甲子園出場を決めた小樽北照高校の集めた額は、はじめて億を越え、これが道内最高額となっているよし。甲子園野球とはまことに異なものである。

ところで、中標津高校にとって平成二年は当り年、というのにはまだあった。

十月には「全道高等学校ボランティア活動実践研究発表大会」の主催校として、学校はまた多忙を極めていくのである。しかし、この場合は、前年度から予定されていたことでもあり、泰然と業務を進め、業務を終えることが出来た。

それから、あの校舎改築の方の設計図も、これもいろいろとあったが、しかし、九月末には二百分の一の、平成三年一月末には五十分の一の縮尺図が出来あがり、道教委に提出し終えている。四月からの建築着工を待つだけとなったのである。

（「北方文芸」H８・10）

回　楡林の鐘の音

この春予備校にと再就職したのであるが、仕事の関係もあって、たまに北大図書館を利用させてもらっている。

4月下旬、キャンパスは辛夷や杏、梅、桜などが咲き競う。

ある日、風もないのに小枝からしきりと桜の花びらが舞っている。よく見ると、花かげにウソが二羽、花の柄の部分を突っついているのが見える。花芽に食べあきたウソが、花びらを散らして遊んでいるのであろうか。

5月下旬、楡や白樺は地味な花をつけ、プラタナスは球状の小さな花穂を鈴のように垂れ、ポプラは早くも柳絮と呼ぶ綿毛の種子を飛ばしている。

ものみな生気溢れる季節。ポプラ並木の向こうからはヒバリの囀りが聞こえ、林の奥からはカッコウの二重奏。サクシュコトニの湿地では木洩れ日を受けて水芭蕉が、林の縁では延齢草が楚々とした白い花を覗かせている。

さて、帰りはいつも楡の林を通り、農場の方へと道をとる。

その時、ふと思う。夕べの時至れば、楡林に鳴り渡る鐘の音が、あの札幌時計台のような鐘付き時計台の時鐘の音が聞こえてきたら、と。

そんな光景を思い浮かべながら、私は日の沈みかけた麦畑の細い道を歩いていた。

（「鐘音」Ｈ９・７）

回　近況報告

１、孫のこと。京都にいる娘が、孫二人を連れて帰って来ている。今回もＹＯＳＡＫＯＩからＨＡＮＡＢＩまではいるようだ。帰る頃になると「しょうがないおじいちゃんやなあ」と孫に慰められるほど、こちらはぐったり。孫は来てよし帰ってよしである。

２、趣味のこと。これは釣りを第一とする。釣りは海釣りを風蓮湖に、川釣りを大沼にしている。どちらも面白いほどよく釣れる。情報の欲しい方はＴＥＬ下さい。

３、健康のこと。退職までは元気がよかった。生活習慣病などというものとは無縁であった。それが退職後、調子があまりよくない。あれやこれやと自覚症状は意外とある。昨年は声帯を手術、声もあまりよくない。老人力がついてきたのであろう。そろそろ健康回復策を真剣に考えなければなるまい。それにしても、散歩やラジオ体操、ゲートボールなんていうのはいやだなあ。

４、ボランティアのこと。マンションの理事長を二年近くやった。何しろ初代なので、マンション管理組合の立ちあげをやったわけである。管理会社と居住者の間に立たされて、いろいろと勉強もさせてもらった。さて、役員改選となったが、誰も為り手がない。結局、理事は各棟各階から機械的に選出する、理事長は理事の互選とするということになった。これで理事は決まったが、今度は理事長がなかなか決まらない。あとで聞いたことだが新理事長はくじびきで決めたという。

5、仕事のこと。札幌予備学院に勤めて三年目になる。黒板を背にしていると、何となく落ち着くから不思議である。その予備校にしのびよるのは小子化の影。札予備もかつては生徒数四千名近くを誇ったが、今は千六百名ほど。当然リストラも始まっている。市内大手三校の中で、サバイバルゲームは激烈を極めている。生き残りにはいくつかの方法もあろうが、しかし、最終的には「授業の質」。当方も老骨に鞭打ち、空元気を出して今のところ頑張っている。何しろ授業のほかに、新規テキスト作成、道摸試作題・採点、北大・樽商大の入試正解作成などと雑用（？）もあるので大変である。

（函館中部高等学校旧職員会「近況報告」、H10・12）

□ 拝啓ふるさと

私のふるさとは津軽の弘前である。そこに生まれて二十四年を過ごした。しかし、私にはもうひとつのふるさとがある。函館である。そこで二度にわたって十八年もの間、お世話になった。

函館に赴任して間もなくの昭和四十六年春。元町の公宅近くを散歩していると、ある人家の辺りから油絵の具のにおいがした。だれか描いているのであろうと、裏の小路に回ってみてもだれもいない。近くの人に聞いてみると、この辺りは眺めがいいので、絵を描く人がよく来るのだという。次の日行ってみると、小路の奥まったところでキャンバスを立てている人がいた。この界隈《かいわい》は絵の具のにおいがしみついていたのだ。

そこから見おろす海峡の町は、巴《ともえ》型の構図の、見事なまでに美しいものだった。窓を開ければ港が見える、そんな家に住みたいと思っていた私であったが、残念ながら住まいした公宅は大きな建物にさえぎられ、眺望は望むべくもない。しかし、一歩外へ出ると函館港はよく見えた。

ここ西部地区は、絵心のある人にとって題材に事欠かない。眼下の港町としての風景もさることながら、秋雨降りしきる伽藍《がらん》の黒い屋根がわら、風見鶏《かざみどり》の見える赤い屋根の教会、蔦《つた》のからまる土塀沿いの石畳の坂道…。いたるところに絵筆を誘発させる何かがあった。

函館は芸術家をはぐくむ町、そう思った。絵心を誘い、音感を研ぎ澄ませ、詩興を紡ぐ町。ニースやナポリよりすぐれた夜景。異国情緒あふれる街並み、連絡船の霧笛、潮風の香り、五稜郭の花吹雪。郊外には紅葉散り敷く大沼、それほど遠くないところに横津の山なみも見える。

おおーい。函館は今日もチンチン電車が走っているか。ガンガン寺のあの重いスラブ的な鐘の音は健在か。磯《いそ》白砂に子供たちの喚声は聞こえるか。酔客が、散る桜の花びらを杯に受け止めているか。「イガー、イガー」の魚売りの声は今も元気か。

今、私の函館にあるものと言えば、弘前から移した元町七番地の「本籍」と、往事茫々《ぼうぼう》たる「思い出」のみ。ついのすみかもいったいどこになるやら。流れる雲に、日の光は弱い。

（「北海道新聞」H12・1・27）

回 塞翁が馬

経済界を中心とした旧制弘前高校の同窓会が札幌にある。その会合に新制弘前大学の私が呼ばれて、参加したことがあった。その時同期の友人から、「司馬遼太郎さんも『風塵記』

を出しているね」と言われた。退職記念にと出した拙著『風塵記』を彼に送っていたことによる。

不覚にも私は、司馬氏の著書の中にその題名の本のあることを知らなかった。後で調べてみると、司馬氏の著は『風塵・抄』だったので、すこしはよかったと思っている。

ところで昭和十六年三月、司馬氏は旧制弘前高校を受験し、失敗している。数学のできがよくなかったという。彼自身の手になる年譜にそう書いてある。後に文化勲章を受章するほどの天下の俊秀を不合格にした旧制弘前高校の入試とは、一体何なんだろう。

次元の違う話かも知れないが、富士銀行を受験した山本富士子を不合格にした支店長もいる。理由は、あまりの美貌に行員のチームワークが乱れることを恐れてのことらしいが、彼は後々まで同僚から、その見識についてあれやこれやと冗談まじりに言われたという。世の中には、そういうことがよくあるのかも知れない。

結果的に司馬氏は昭和十七年四月に国立大阪外国語学校の蒙古語部に入学する。今の大阪外語大学である。彼はそこで、匈奴、月氏、契丹など漢の周辺民族への興味・関心を深め、その熱い思いを『戈壁《ごび》の匈奴』『草原の記』などに託して作家として大成していく。日本を代表する文化人となっていくのである。

旧制弘前高校もそういう点では、なかなか味なことをしたものであると、私は思っている。

（「街」H12・2）

回　宿野辺川

これは国定公園「大沼」に注ぎ込む小河川宿野辺川の話である。今から十年ほど前、私はこの渓流にはじめて釣行に及んだ。魚影も濃く、型の良いイワナが驚くほどによく釣れた。だから夏場になると毎年二回ほど、この沢に入った。

それから四、五年ほどして、保養施設「ユートピア・大沼」後ろの林の中に、「熊出没注意」の新しい看板が立った。何かあるなと思い無視して奥に入ってみると、河川工事である。川幅五メートルにも満たない細流に、結構大規模な砂防堤工事が行われていた。看板は工事関係者以外の人をシャットアウトするためのものなのであろう。

さて、その公共工事、一基だけと思っていたが実はその上流に重なるように二つも完成していた。それもほんの二、三年ほど前にである。堰堤のプレートからそのことがわかる。こんな小さな川にこんなにまでしてダムを三基も作る必要があるのだろうか。魚も次第にその影を薄くしていったのは当然のことである。

ところが一昨年から、今度はその川の至るところに護岸工事が入ったからたまらない。自然河川はすっかり破壊され、確実に魚はその姿を消していった。確実にである。

去年夏、宿野辺川のことが気にかかり懲りもせずまた入川してみた。渓相はかつての輝きを失い、淵は瀬となり、瀬は木を伐り倒されて明るくなっていた。巴型に曲る流れも少なくなっていた。もちろん魚影は見当たらない。

イワナの釣れたのは下流二基のダム直下だけである。かろうじて彼女らは、ほんのわずかながらもそこに生きのびていたのだ。生気あふれるこの季節に、イワナはいずれも痩せ細っている。そっと放してやる。

何ともやり切れない思いを抱いて札幌に帰って来たその日の道新夕刊に、「開発のツケ大沼無残、宿野辺川河口」の記事が写真入りで大きく載っていた。赤茶けた大量の土砂の堆積する河口付近は赤沼にと変じている。

——薄曇る冬陽の空を見あげながら、今、宿野辺川のことを悲しくも思い続けている。二度と行くことのないであろう、あの宿野辺川のことを。

（「街」H13・2）

回　美濃吉

ある年の九月の夜、私は三・四人の仲間と懐石料理「美濃吉」へ行った。京随一と言われる料亭である。

雨に打たれた路地を抜け、上がりがまちで番頭さんに傘を渡し、数寄屋風の座敷にあがる。部屋には麻織の千草色した涼しげな座ぶとんが並んでいる。

仲居さんが障子の向うの庭に面したガラス戸を開けると、流れの落ちる音とともに虫の声が耳に入ってきた。

すずむしがいる。まつむしがいる。かんたんがいる。

あとで聞いたことなのであるが、これはテープなのだそうである。聞かないほうがよかったと思った。

床の間には竹の筒の花入れ。つげの小枝を添えてりんどうの花が活けられていた。掛軸はもみじにやまがらの絵、床の間はもう秋のものである。

岩の瀬に散るもみじと、栗色のやまがらはくどいという人もいた。私もそう思う。瀬には白せきれいが似合うと思った。

鴨居の上には「以信為本」と骨太の文字の扁額が掲げられている。大僧正連胤と読めた。

気合いが入っていて、これは文句なしによいとみた。

座ってまず、薄茶が出た。紫蘇茶である。紫蘇は京料理には広く使われているが、文化人類学者中尾佐助氏によると照葉樹林文化の特徴なのだそうである。

突き出しは織部風の小鉢に入ったたこの柚味噌かけだった。ころんとした小さなたこの身に、おかしみがある。馳走は四角張って食べるものではないと数えられていた気がしたから、まずはあぐらをかいた。

ついで、まつたけの土瓶蒸し。惜しげもなく豪快に切ってあるところをみると韓国ものだろうと、これは下衆のかんぐりか。煮出しのつゆが当然ながらおいしい。土瓶は剽軽な信楽。

その次はすずきの塩焼き。大徳寺納豆とみょうがが添えられ、草紋の染付け磁器に程よく収まっている。

なすびも出た。賀茂なすの田楽である。真中はくりぬいて、薄味の鉄火味噌が少しつまっている。器は志野の四方皿。

つづいて、たいとこういかの刺身。青磁の皿に、かすかな背の赤身と涼やかな白身を調和させ、それに紫蘇の花も散らしている。配色が妙なのである。それに、身体の中から浄化されていくような心地よい味。

こうして料理は一品ずつ気の利いた器に載せられ運ばれてくる。次は何が出てくるのだろうと、勘をはたらかせて待つのも乙である。当たったらよし、当たらぬもよしなのである。

刺身のあとは、かにのから揚げ。かには松葉がにとみた。丹後辺りのものであろう。北海道ではこれをずわいがにと言っているが、土地土地により呼称がちがう。しかし、丹後ものとすれば松葉がにと言わなければなるまい。

次に運ばれてきた古拙な陶器の皿には縞えびが二匹載っている。結構大きい。横に縞が入っていたので縞えびと思ったが、別物かも知れない。調理も独特の工夫をこらしている。それ自身のもつ味と美しさが器物の中で生かされている。

飯は庄内のささにしきだという。ねばり気のあるふっくらとしたご飯には、生湯葉のお吸い物。

漬け物はやはり柴漬が出た。京料理ではあと口を引きたてるものにこれがなくては収まらない。

その他、二、三品あったが忘れてしまった。そうそう、忘れたと言えばお酒。これは銘、金鵄正宗。仲間に飲んべえがいて、帰りがけに厨で聞いたのだというから間違いあるまい。地の酒の代表格なのであろう。伏見の甘口なのか、飲みやすかったのを覚えている。

箸は杉の正目の、みた目にもさっぱりとしたもの。香もそれほど強くないのでこの種の膳に使われるのであろう。その箸置きは雁型の焼き締まった清水焼き。手練と気品においてお見事、としか言いようがない。

最後のお茶は同じ京焼き清水の晋六に入ってきた。小品ながら秀逸である。糸底をその度にひっくり返してみたりするのもどうかと思うが。

テーブルは丹念に塗り直した春慶で、角盆は山中塗りであった。調度や器の漆器、陶磁器が京料理では特に吟味されているのは言うまでもない。王城一千年の地であった京都ならではの念の入れようである。

いたるところに茶道の精神がしみ込んでいて、それぞれが生かされているという感じ。ほどよく抑えを利かせたところで、味、器、盛りつけと、どれも洗練されていた。均整がとれている。調和がある。雅びがある。

京都はどこの地よりも四季のめりはりを鮮やかにみせてくれるところという。だから板前さんはその季節季節を大事にし、旬の素材に神経を配って、ある時はするどくある時はまろやかにと腕を競いあっているのであろう。

隙のない着こなしや無駄のない会話の受け答えで、清楚な人柄をしのばせているのは仲居さん。

客の食事の進行に合わせて料理を運ぶのは仲居さんの腕のみせどころなのだそうであるが、これまた間のとり方がうまく、落着いてゆったりと味わうことができた。何しろここのサービス料は三割なんだそうで、むべなるかなである。

帰りは雨があがっていたが、「またおこしやす」という和らいだ声を背にして、いい思い出を持ったと実感した。外は薄墨を流したような霧に烟る闇だった。

（『街』H13・9）

回　鳩

これは函館旭岡での、もう二十年ほども前のこと。

部屋に入って、水を撒いたばかりの庭を眺めていたら、白い鳩が目に入った。芝生の葉先の雫を飲んでいるらしい。

庭におりていっても鳩は逃げない。二メートルほどに近づくと、鳩は首を伸ばして赤く丸い眼を瞬き、そしてまた水滴を飲んでいる。大分のどが渇いているらしい。

米粒をパラパラ放ると、鳩は今度はそれを食べている。お腹もすかしているようだ。

チャンスと思い、テグスで輪をつくりその周囲に米粒を撒いてやると、鳩は思ったとおり罠にかかった。左足首には褐色のリングが巻いてあり、ナンバーが打ってある。伝書鳩とすぐ知れた。


しかし、弱っている鳩を助けてやることだからと、段ボールの箱に丸くくり抜いた明かり取りの窓をつくり、しばらくの間、飼うことにした。

思えば少年の頃、鳩を飼いたくて父に頼んだことがある。しかし、許しは出なかった。だから、その思いは満たされぬままに、心の底に深く沈んでいた。それが今、少年の頃の願いを満たしてあげようと、向うの方からやってきたのだ。

十代には十代の夢がある。四十にして十代の望みが適えられたとしても、満足できるものでもあるまい。しかし、私は上気し、はずむ心を抑えて、小さな明かり窓の奥の、おずおずしている鳩を覗きこんでいた。

次の日の新聞を見ると、稚内—東京間のレースに落伍した鳩が、函館のあちこちに舞いおりているという記事が載っていた。

体力をなくした鳩が津軽海峡を前にしておじけづき、遠い故郷に帰ることをあきらめたというのである。この鳩もそのはぐれ鳥の一羽なのであろう。

私は自分の部屋で、一週間ほどもその鳩を飼ったろうか。その頃には鳩はもう十分に体力も回復し、私にも大分馴れて手のひらから餌を啄むまでになっていた。

そこでリングのナンバーから、東京の飼い主を捜し出し電話してみた。ところが電話の向うの声は意外にも、「その鳩はレースに脱落した鳥。私どもから言えば飼っていても価値のない鳥ですから、あなたの方で適当に処分して下さい」ということだった。大人びた中年の声であった。

腹が立った。今まで飼っていた鳩に急に用がなくなったから、そちらの方で生かすも殺すもどうぞご自由に、というのである。人間の自分勝手な傲慢さに腹が立った。

鳩はある晴れた朝、放してやることにした。自由を奪われた鳥は鳥ではない。飛翔を忘れた鳩は鳩ではない。国内最大の鳩レースにも出るほどの伝書鳩であれば、なおさら空が恋しかろう。住む世界がなくなれば、この家に帰ってくればいい。そう思ったからである。

十分に餌を与えてから、抱いた両手の親指で軽く何度も背をなでてやり、それから、そっと差し出すようにして掌をひらいた。鳩はわが家を見定め感謝するかのようにして空中を二、三回旋回した後、海峡の方へ勢いよく飛んでいった。

——それから三日ほど経ったある日、芝生に鳩がおりているのを見た。例の白い鳩だ。餌だ、餌だ、豆だ、米粒だ、すぐもってきて！突然のかんばしった声に、妻と娘がびっくりするのも無理はない。

その鳩は、それから毎日やってきた。しかも朝夕二回、決まった時刻にである。餌を与えないでいるとベランダのガラス戸を嘴でこつこつと突っつき催促もする。窓を開けてやると、家の中にまで入ってくるようになった。いつしかその姿をその時刻に、私は待ち望むようになっていた。

こうしてその鳩は、私たち家族を何日かまた楽しませていたが、ある雨の日から急に姿を現さなくなった。

鷹に襲われたのだろうか、嵐にまき込まれたのだろうか。あるいはもとの鳩舎に帰り、昔の仲間たちと過すことができるようになったのだろうか。それとも野生を取りもどし、自由な世界でその生を謳歌しているのであろうか。

旭岡は海と山が近い。この海と山に囲まれた地を、あの鳩は忘れるはずがない。その一角の緑の濃い芝生の庭と赤い三角屋根を忘れることがないはずだ。そのように私もまた、四十代半ばにして見た季節はずれの夢を、忘れることはなかった。

今、私は六十代半ばとなり、札幌のマンションに暮らすようになった。そして、ビルの屋上に自由に飛翔している鳩の一群を見ることがよくある。

あの群の中にも、左足首に褐色のリングを巻いた鳩がいるのではなかろうか。今も時々そう思う。

（「街」H13・11）

回　伝説の樹

これは息子が小学一年の頃の話。

七月のある日、息子はクワガタ虫を二匹捕ってきた。いつもの通学路の大木の根元にいたという。その老木はカエデ（ネグンドカエデ）の木で、豊平川と南高校グランドに挟まれた白く細い道にいつも濃い影を落し、わが公宅の近くにあった。

さっそく息子は妻とデパートに行き、飼育容器、昆虫マットなどを買ってきた。餌は砂糖に酢と醤油をかきまぜた自家製溶液。

クワガタの家が完成すると、息子は餌に舌をうつクワガタの姿をためつすがめつして見ていたが、夕方になるとカエデの木の根元にこの少しねっとりした液体を塗りつけるために出かけていった。

翌朝、いつになく珍しく早く起きた息子は、今度は三匹も捕って来た。餌の溶液にありついていたのである。保育社の図鑑で調べてみたら、どうもアカアシクワガタらしい。

さて、その日の夕方、息子の友だち十人ほどが自転車でやってきた。息子が向こうの木から、と指さすのに、息子の言を信用せず家の真裏のギンドロの大木にしがみついて離れない。その木はいかにもクワガタのいそうな感じの、熊笹に囲まれた老樹である。適当なウロもあるので、彼らは小枝でほじくり返したり、なかには、隣の物置にあがって太い枝をゆさぶるなど、いやはやとんだ騒ぎとなった。

しかし、捜してもいないとわかると彼らはようやく息子の言を信じ、息子の後を追うようにしてカエデの木に向かった。

この木は南高のグランド裏の金網外側に一本突き出た大樹である。少年たちは根元の腐蝕している部分を競いあうようにして掘り起し、掘り返し、たちまち十五匹ほどを捕った。

息子は学校内で英雄視され、天下を取った気分でいる。学年の腕白からもいちもく一目おかれている。クワガタの数が子供たちの権力の象徴ともなっていった。

その後も何日かは、カエデの木の下で、少年たちの歓声がきこえた。そこはもう、すっかり子供たちの世界になっていた。その木に住みかを構えていたクワガタは総勢三十四ほどであった。少年たちの手中にあるクワガタの総数からして、そう思われた。

自分で見つけて捕った子、捕った子から貰った子、貰った子からさらに貰った子、なかには力ずくで奪った子も出てくるしまつ。一匹ももたずに、泣いている子もいる。罪つくりなことになってしまった。

南高の四囲にはカエデ、ギンドロ、イタリアンポプラ、カラマツなどと、大木は多い。しかし、学校の公務員さんが雑草を嫌い敷地内の木の根元に除草剤を撒いていたから、そこは虫の生きられる世界ではなかった。ただこの校舎裏の金網外のカエデの木だけが、除草剤からまぬがれた唯一の木であった。

ところでそのカエデの老樹はというと、幹のウロは大きく広げられ、木の肌はあちこち剥ぎとられ、枝は折られ根元には大きな穴をいくつもあけられて、見るも無惨な姿となっていった。その木は降ってわいた受難に嘆息しながら、今にも倒れかねない哀れさで、空を仰いでいた。

それからどれほどの時が経ったろうか。子供たちの歓声も聞こえなくなった頃、その木の根元にスズメバチの巣が見つかるなどして、少年たちにはカエデの木は次第に遠い存在になっていった。

そして翌年の夏、あの白く細い道は舗装され、カエデの木は通行の邪魔になるからと、伐られてしまった。子供たちの一時の喧噪から解放され、秋、冬、春と過ごして緑の影を濃くしていたあのカエデの木が、である。

しかし、四方に枝を伸ばしたあのカエデの老樹は、少年たちの心に今も伝説の樹となって生き続けている。

（未発表　H13・12記）

◻ 北限の能「善知鳥」

最近、北海道でも「能」への関心が高まりつつあり、あちこちで能が上演されるようになってきた。恒例の札幌石山緑地公園での薪《たきぎ》能では、約二千人の観客が息を詰め舞台を見守った。かつて叫ばれた道立の能楽堂建設の話もまた再燃している。

私は学生時代、宝生流の「田村」や「竹生島」などを習った記憶があるが、卒業して以来とんと謡いなどにはご無沙汰していた。

それがまた、還暦を過ぎた頃から少し能に傾倒するようになり、札幌でのそれはもちろんのこと、東京へ出かけた時なども能を観る機会をもつようにしている。

さて、北海道に題材を得た能をさがしてみたが、残念ながらそれはない。

能はもともとは大和奈良の猿楽座から発展したものであるから、今演じられている謡曲二百余曲は主に奈良、京都、大阪を中心としたものが多い。したがって東北地方ではわずかに六曲ぐらい、そして北海道では皆無ということになる。

日本で最も北の地に題材を得た能としては「善知鳥《うとう》」がある。奥州陸奥外が浜（青森市海岸部）を背景としたものであるから、いわば「善知鳥」は北限の能といえる。

謡曲「善知鳥」の概要はこうである。

旅の僧が陸奥へ行く途中越中立山を訪れると、不思議な老人に呼びとめられる。その老人は「自分は去年死んだ猟師だが、故郷外が浜の妻子に自分を供養するよう頼んでほしい」といい、その証拠にと麻衣の片袖をちぎって僧に渡す。

僧が外が浜の猟師の家に行くと、残してあった着物に片袖がなく、持参した袖がぴたりと合う。

そこで妻子が僧とともに供養をすると、猟師の亡霊がやつれ果てた姿で現れる。亡霊はわが子に近づこうとするが、幼鳥を捕って親鳥と引き離した報いで近づけない。

猟師はかつての所業のあさましさを物語り、生前のように鳥を捕るさまを見せる（第一の見せ場）。

猟師が「ウトウ」と親鳥の鳴き真似をすると、幼鳥が「ヤスカタ」と鳴く。そこで幼鳥のありかを知り、棒で打ちたたき捕らえる。親鳥は血の涙を流し、空で鳴いている。その後、地獄に落ちて雉になった猟師が、化鳥（鷹になったウトウ）に追われ逃げまどう今の姿などを見せ（第二の見せ場）、僧に助けを乞い、姿を消す。

今でも青森地方には、親鳥がウトウと鳴くと幼鳥がヤスカタと応える鳥がいたといういい伝えがある。鎌倉初期の歌人藤原定家に、「みちのくの外ヶ浜なる呼子鳥鳴くなる声はうとふ安かた」という歌もあることから、その頃にはもうこの伝えがあったことになる。

「善知鳥」は私の好きな能の一つである。

この演目は執心物といわれる夢幻能であり、魚鳥殺生の罪業を説いている。狩猟を生業とする猟師の死後の苦しみを、親子の情愛をからませて描いた作品であり、殺生戒をテーマとした謡曲の中でも代表作とされている。

「ウトウ」とはエトピリカなどと同じくウミスズメ科の海鳥で、その語源はアイヌ語の突起の意。この鳥の嘴の基部に特徴的な三角形の黄色い突起があることによる。そのウトウに善知鳥という漢字を宛てた理由については諸説があって、それもはっきりしない。

この海鳥は現在、青森の海岸一体に一羽も生息していないが、この謡曲のつくられた室町初期の頃には数多くいたという。今は北海道手売島や松前小島などに棲息繁殖している。

この夏、私は青森市安方町にある「善知鳥神社」にお詣りする機会があった。その善知鳥神社の草創年月は不明である。しかし、坂上田村麻呂が再建したといわれていることから、それ以降約一二〇〇年の歴史をもつ社である。境内には「謡曲善知鳥旧跡の地」の碑が建っている。

　この辺一帯は昔、善知鳥《うとう》村といわれていた。海のすぐ近くに安潟《やすかた》と呼ばれる葦原の湖沼地が広がり、時期になるとウトウはそこに営巣した。今、神社のある安方町一帯にはその面影はないが、しかし、境内をとり囲む池に昔の様がしのばれる。

　いずれにしても謡曲「善知鳥」は、本邦最北端に題材を得た能なのである。

　ところで私は、最北端の能をさらに北上させたいものと、実は願っている。

　というのは、最近は新作能もあると聞いている。近代能とか現代能という言葉もてはやされている。したがってこの北海道に関係する創作能の一曲もあっていいのではないかと思っている。有珠善行寺縁起、松前光善寺血脈桜、熊石門昌庵事件、義経えぞ地渡来伝説などなど、その素材となりうるものは豊富にある。

　いつか誰かが北海道にまつわる能の脚本を書き、それが上演される日のくることを私は夢見ている。

　つまり、北限の能「善知鳥」が北限でなくなることを、そして北海道に題材を得た創作能が、できうれば新築なった道立の能楽堂で上演されることを、私は今、夢想している。

（「街」H13・12）

回 ひばり

「おーい、あっちだ、あっちだ」

小学六年の教え子たち四、五人が麦畑の中をいっせいに走ってゆく。

「おーい、向こう、向こう！」

誰かの声にいったん立ち止まった子どもたちが、また、土ぼこりを立てながら方向を変えて飛んでゆく。

「こっちだ、こっちだ」

今度は先頭を切る子に呼ばれて、何人かがそちらの方に一目散にと駆けてゆく。学生服のボタンをはずし裾を翻しながら、こうして小さな黒い集団が緑の丘の向こうに消えてゆく。

丘の上には澄んだ青い空と白い雲。

彼らに追いついて、何をしているのか聞いてみた。

子どもたちがいう。

「ひばりを捕ってる」と。

「ひばりはどうやって捕るの？」

「ひばりは空高く揚がるでしょ、全力で揚がるでしょ。そしたら体力を消耗して急降下で降りてくるんだ」

「そん時、着地点誤って地面に衝突するのもいるんだ。瞬間的に気を失うんだよ、なっ」

「そうさ、それをさっとつかまえるのさ」

「それで、捕った？」

「そう簡単にはいかないさ」

帽子のツバを横っちょにし、汗を流しながらいたずらっぽく笑うK君。みそっ歯を出し、やぶにらみの笑顔がかわいいO君。そんなことも知らないのといいたげに、けげんそうな顔をして私をじっと見つめているN君。

子どもたちは捕ったひばりを飼っていた。それぞれ自分のを自慢しあっていた。鳴き合わせなどをするのだという。鳥籠は八番線などの針金と金網で丈を高くし、止まり木はつくらず、底には川砂を敷いていた。

そこは南部三戸郡南郷村鳩田。村の人たちは主に麦・煙草などを栽培し、競争馬を飼育していた。だから畑作や牧畜に関する子どもたちの知識は実に豊富だった。

夏休みに課す宿題などにはよく、馬の絵を描いてきた。競うことに命をかけるもののみがもつ鋭くも悲しい眼。今にも風を蹴るかのような見事な馬を描く子もいた。子どもたちはサラブレッドやアラブなどという馬種まで知っていた。

また、畑での農作業の絵にもいいものがあった。麦踏みや種蒔き、煙草の葉の収穫などをしている絵などである。

麦畑には大麦・小麦・ライ麦・裸麦などが植えられていることもはじめて知った。子どもたちに教えられてである。米作地帯の津軽弘前に生まれ育った私は、南部に教師として赴任するまで麦畑を見たこともなかった。

鳩田の地は田んぼのない丘陵地帯であり、それらの風景は私にとって異国的なものに思われた。ゴッホの「緑の麦畑」やミレーの「種蒔く人」などの世界がそこにあった。もう四十年以上も前のことになろうか。

今、私は札幌にいる。北大農場の近くに居を構えている。時々、北大図書館にゆく用事があり、その時はキャンパスの裏側、農場の方から入ってゆく。

春先、そこには麦畑が広がっていて、冴えた揚げひばりの囀りをいくつも耳にすることができた。

ひばりは漢字で雲雀と書くのであるが、言い得て妙と思う。白雲に吸い込まれてゆくそのひばりを目で追い、やがて急降下してくるのを見ながら、あるいは失神しているのもいるのだろうかと、思ったりした。

それが最近、季節を問わず、麦畑を駆けまわっている子どもたちの姿が髣髴と浮かんでくる。腕白でたくましくて、無心で無邪気で、自然の中を思う存分遊びに熱中している野性の子。

子供は腕白でたくましいのがいい。無心で無邪気なのがいい。自然の中を思う存分駆けまわる子にそういう子が多いような気がする。

あのひばりを捕ったり麦笛を吹いたり、教室で立たされて蝉の羽根を抜いたりしていた少年たちは今どうしているだろうと懐かしくも思われてくる。

もう五十の半ばを数えているはずである。

（「街」H14・4）

□ 曹敞《そうしょう》と柳川熊吉

もう十年ほども前になろうか、北大漢文の入試問題に『西京雑記』※の「曹敞《そうしょう》が事」という文章の出たことがある。その内容はこうである。

『陝西省の平陵というところに曹敞という人がいた。著名な儒学者呉章の門下生である。呉章は「新」王朝を建てた王莽によって殺された。呉章の屍体は路上に放置されたままで、平陵の人々は誰も彼を引き取り、弔おうとする者はいなかった。弟子たちも時の権力者の咎めを受けるのを嫌い、屍体をそのままにして手を下そうとしなかった。その上、姓名までも変えてほかの師に従った。世間がそういう状態の中で、曹敞彼一人だけが自らを呉章の弟子であると称し、師の屍体を引き取り手厚く葬った。』

王莽は中国前漢末の人で、漢の帝位を奪い、新しい王朝を建てた人である。国号を新と称した。その王莽の権力を恐れて、誰も呉章の屍体を引き取って弔おうとする者がいなかったのである。

新の時代はわずか十五年で滅びた。新の次の後漢の世になって、呉章の墓が建てられた。平陵の人々は曹敞の行為を称え、呉章の墓の側に、彼の名を残そうと碑を建てた。曹敞のまだ生存中のことである。

これとよく似た話が函館にある。当地の人は誰でも知っている。しかも、収葬数も格段に多い、あの函館戦争時の柳川熊吉というひとにまつわる話である。

明治二年五月十一日のこと、新政府軍は函館総攻撃を決行した。幕府軍は敗れ、戦死者の屍体は路上にうち捨てられ、顧みるものは誰もいない。朝敵の屍体とあっては後難を恐れ、手を出そうとしなかったのである。

この時、侠客であり五稜郭築造工事なども手がけた請負業柳川熊吉は、「仏《ほとけ》に官軍も賊軍もあるか」と六百人ほどの子分・従業員を動員し、散乱していた戦死者七百名余を実行寺などに収容、埋葬したというのである。実行寺の住職日隆と計らってのことである。

後日、柳川熊吉は幕府軍内通者として軍法裁判にかけられ、死刑の宣告を受ける。そしてまさに斬首されようとした時、官軍の軍監田島圭蔵の助命により一命をとりとめた。

時代が下って明治八年五月に、旧幕軍戦死者の墓碑「碧血碑」が谷地頭の高台に建てられた。埋葬された陣没者は土方歳三ら七百九十六名。かつての幕軍陸軍奉行大鳥圭介ら同志の手になるという。

その碑の近くに「柳川翁之寿碑」がある。碑文には、「柳川熊吉八十八歳の米寿に際し、有志らがその義挙を伝えるためにここに寿碑を建てる」という主旨が、漢文体で刻まれている。大正二年六月のことである。実行寺十九世住職日謙が柳川熊吉の行為を称え、彼の名を残そうとして市民とともに建てたものである。柳川熊吉存命中のことであった。

曹畝、柳川熊吉、二人に共通するものは何であろうか。それは自分の利害生死をもかえりみず、人道のために尽くすという「義」である。「義」を古い道徳観念とみる人がいるならば、「人の踏み行うべき条理」と置きかえてもよろしい。人としての当然なすべき道、慈しみの心が当時の人々の感動を呼んだのである。

作題の出典をここに求めた北大漢文学の教官はどういう人物なのであろうか。あるいは函館出身の人なのであろうか。かりに函館出身の人でなくとも、この柳川熊吉にまつわる話をよく知っていた人であろう。いずれにしても、物事の道理によく通じている人、「義」のもつ不易の真理をよく見抜いている人なのであろう。不易であるからこそ、二千年ほど前の中国の一人物の行為が、わが国平成の世の大学入試問題にも登場し、また、人々に感動を与えているのである。

この時の受験生の中には、柳川熊吉のことを思い浮かべながら答案用紙に向かった人も何人かいたはずである。

＊『西京雑記』

中国西晋時代の葛洪《かっこう》という人の編になる。西京（前漢時代の都長安）の有名人のエピソードや当時の風俗などを記したもの。

（「街」H14・5）

回 花の譜・中標津

道東中標津町に仕事の関係で平成一、二年と二年ほどいたことがある。

四月、空港に降りると、空気の匂いが同じ北海道でありながら、渡島や石狩などとまたちよっと違っていた。冷たく澄んだ感じの爽やかさがあった。

景観もその通り。いかにも北方的というか、牧草地や疎林のみが続いていて、異国的ともいえる風景がそこにはあった。

空港周辺では野の花が目についた。赤茶けた乾燥地にはニワゼキショウが一面に生えていた。七月には星のような形の濃紫色の花をつける。誰も採る人もいない。札幌のデパートなどで売られているこの花に、町の人はたいして気にも止めてない感じであった。

エフデタンポポ。この花もデパートから買った経験があるが、その花も空港近くの道端とか畑の縁、荒地などに鮮烈な赤い色を見せて咲いていた。この花はつぼみが筆の穂先のように見えることからエフデなどという名がついたのであろうか。別名満州タンポポともいうから、旧満州にもよく咲いている花なのであろう。

同じ七月、ハマナスも深紅の花を咲かせていた。それが人の背丈以上の高さで群生していた。こんな大ぶりのハマナスはそれまでに見たこともなかった。

土地はもちろん誰かの所有地なのであろうが、しかし、花には誰の土地でもない自然のもの、というような顔をして大らかに咲きほこっていた。

町の北側には全国一鮭の上る川として有名な標津川が流れている。湿潤な川の岸には七月頃、黒百合も花を見せていた。湿り気のある草地のいたるところに、暗紫色の花をやや下向きにして咲かせていた。花は揺れて咲くところに風情がある。この花の風に吹かれて咲く様にはひかれるものがあった。黒百合は恋の花ともいわれるが、ただ、その匂いだけはいただけなかった。

川岸にはエゾトリカブトの花もよく見かけた。それも上流の小暗い木陰の藪や、日当たりの悪い崖下などに毒々しく咲いていた。根に猛毒をもつというという花であるから、そのように感じられたのかも知れない。兜型に幾枚も重なった青紫色の花である。

このように、町の少し郊外に出ると、荒地というか、原野湿原というか、そんなところに様々な花が咲いていた。

先にあげた花のほかに、群落とまではいかないにしても、サワギキョウ、ミズバショウ、エゾミソハギ、イワシャジン、ヒオウギアヤメ、エゾカンゾウ、エゾスカシユリ、アキノキリンソウ、エゾキスゲなど美しい花々が、町から少し奥まったところに自生していた。砂れきの平地にはコケモモやガンコウラン、イソツツジなどの高山性の植物も生えていた。

平地でさえそうであるから、武佐岳など山地では見事な高山性植物の大群生もあることであろう。

町の中心には標津川の支流タワラマップ川という小さな川が流れている。タワラマップとはアイヌ語なのであろうが、その由来を詮索する人もいなかった。そういうことにはあまり関心がない風だった。

そのタワラマップ川には川幅いっぱいにバイカモという水草が繁茂していた。川の中に根を張り、長い茎と葉をつけ、その緑のじゅうたんを水の流れにまかせていた。

梅花藻と漢字をあてるこの花は、六月、水中で親指くらいの白い花をつける。水中で受粉し、水中に種子を落す水中植物である。花は梅の花のような形の五枚の花弁をつけ、楚々として実に美しかった。正に水中花である。

この花は清流でないと花をつけない、生きてゆくことができない。その水藻には気泡ができ、つぎからつぎへと白い泡粒を放出している。川の清涼感はたとえようもなかった。

しかし、町の代表的な花「町花」は、それらの花ではなくエゾリンドウなのである。これは秋の花。九月頃、筒状の鮮やかな濃紫《こむらさき》の花を茎の上部につける。

郊外の町道脇にエゾリンドウの群生している一角があるが、町ではこの区域に柵をめぐらすなどして特別に保護していた。花の咲き揃う頃などは壮観であった。

しかし、その花の自生しているところはもちろんそこだけではない。町の花に指定しているだけあって雑木林などに入ると、あちこちにこの花を見ることができた。七、八〇センチほどの茎の長い花である。

私は山菜採りが好きで、秋になるとキノコ狩りに近くの林中に入る。その時期、不思議と夕暮れ時にこの花をよく見かけた。しっとりとした哀愁感があり、清楚にして幻想的な花であった。

また、私は春、といっても六〜七月頃であるが、ワラビ採りにもよく行った。ワラビは太く丈高く、それも一番手、二番手、三番手と少し時期をずらしながら成長するので、何度も採ることができた。七月、春のワラビ採り、九月、秋のリンドウの花を見る。中標津とはそういうところであった。

そのワラビの採れる野にスズランの花が咲いていた。自生しているのを見るのは私にとってはじめてのことであった。思わず辺りを見まわし、この花を手にした。農家の人の植えたものではあるまいかと、一瞬ためらったのである。

正に鈴の蘭という趣の、品格のある可憐な白い花。花茎には十個近くの壺型をした花がついている。都会で見るような園芸用のそれと違い、野生のスズランはやはり芳香が強かった。そのスズランの花を丈の長いワラビと一緒に花瓶に挿すと、実にまたよく似合った。

その日も私は一人でワラビ採りに出かけた。霧の少し濃い日である。

と、人の気配がする。暗くなりはじめた頃であったが、疎らに生えている林の中に人影を見た。若い男の人であった。左手に白く光るスズランの束を持っている。実直そうな好感のもてる青年であった。

「スズラン、採ってるんですか」と私はその若者に声をかけた。

「ええ」、うつむきかげんに歩きながら、その人は答えた。

そこで私は思いきって聞いてみた。

「その花、何に使うんですか」

するとその青年は、

「妻にプレゼントしようと思ってるんです」という。私には思いもしない返事だった。「そうですか。今日は奥さんの誕生日なんですね」

「いいえ、入院しているんです」

それがまた、予想もしない思いがけない答えだった。

ああ、私には野の花を摘んで女性に捧げる、あるいは女性に贈る、女性を見舞うなどという気持ちが今までに一度だけでもあったろうか。野の花と限らない。花というものをそういうふうに扱うすべを私は考えたこともなかったのである。

それなのにこの人は病む妻を慰めるために、スズランを手にしている。

私は胸が熱くなるの覚えた。かりに私の妻が入院していたとして、その見舞いに花束を持っていくという心を私は持ち合わせていない。何かセンチメンタルというか、めめしいというか、気恥ずかしいというか。

しかし、この青年のこの時の言葉に、私は何ともいえない自然で美しい、そして人間の純なるやさしさ、あたたかさといったものを感じ、強く心を打たれた。

「奥さん、早く治ってほしいですね」

私は彼の行為に、感動というか、ある種の衝撃を受けてそういうのがやっとだった。

「ありがとうございます」と、彼は丁寧にそういいながら、少し頭を下げて夕闇の中に消えていった。

私は何か大事なものをその人に教えられたような気がして、先ほどの青年の姿を思い浮かべながら、野の道を急いでいた。

（「街」H14・6）

回　ねぷた祭り

私の郷里弘前の祭り[※1]に、ねぷた祭りがある。ねぷたは木、竹、針金などで扇形の枠組みをつくり、それに和紙を上貼りして、表（正面）には三国志、水滸伝などに題材を得た武者絵、裏（背面）には送り絵といって美人の立ち姿を描く。それを牡丹の花を図案化して飾った台車の上に乗せて運行する。

表絵にはたいてい、中央上段に英雄、豪傑などが破邪顕正の瞬間の見得を切っている。その勇壮華麗な武者絵にはすさまじいまでの迫力がある。ねぷたの語源は眠気を醒ますことに由来するというが、この極彩色の絵を見、あの勇ましい太鼓の響きを聞くと、まさに眠気も醒めてしまうというもの。

しかし、私が特に魅かれるのは、むしろ背面の美人絵の方である。その女人は正面を向いているのもあれば、半身の人、見返りの人と様々であって、そしてそのいずれもが立ち姿になっている。

描かれた女性は優美妖艶、あるいは凄愴、惨烈なものが多い。それら女性は美しく艶やかでありながら、何かしら、愁い、悲しみ、寂しさを一様に堪えている。恨み、妬み、憎しみに身を焦がしているのもある。

あの画面いっぱいに原色で描かれた武人たちの表絵と、余白を大事にしながら、その色も抑えがちな一人立ちつくす裏絵との対照の妙は、私には何ともいえない美しいものに感じられる。表と裏とが対になっていることによって、一台の山車は完成しているのである。そこには何かしら、ある種の高遠な思念が隠されているような気もする。

弘前ねぷたの表は動であり、裏は静である。表は喧噪であり裏は静寂、表は勇壮であり、裏は哀切。正面は戦場であり、背面は祈りの場。夫の出征と妻の悲しみ。光と影、陽と陰。表裏の絵は様々にも解釈できる。その絶妙の対比が弘前ねぷたの本領なのである。

ダイナミックな太鼓の音は悲壮感あり、もの哀しい笛の音は哀愁を帯びている。ねぷたは火の祭り※2でありながら、運行する人は列を乱すこともなく、時々「ヤーヤドー」などと武張った掛け声をかけ正々堂々と進んでゆく。弘前ねぷたは出陣のねぷた（青森のそれは凱旋のねぷた）などといわれるのもむべなるかな。

私の生家からは西方に秀麗な岩木山を眺めることができる。その岩木のほのぐらいシルエットを背景にして、大小のねぷたがあちこちの村々からやって来、通り過ぎてゆく。そして町での運行を終えてまた、それぞれの村へと、夜の闇に吸い込まれて行く。あの幻想的な灯りと、とぎれとぎれに風に乗ってくる囃子の音が、今も瞼に焼きつき、耳に残って私の郷愁を誘う。

ねぷた祭りが終ると津軽はもう秋である。民俗学では祭りの季節をハレ、日常の労働の生活をケといって区別するようであるが、祭りが終わって人々は非日常の世界から日常の世界にと戻ってゆく。秋の収獲も近づいている。その労働の生活へと切りかえていくのである。ハレとケでもって人々は生活にリズムをつけ、労働のエネルギーとしてきた。

北国の短い夏はこうして終わる。

※1、日本の最大の祭りは青森のねぶた（青森ではそう呼称する）であろう。祭り期間中の一週間で約四〇〇万の人出という。次いで札幌の雪まつり（二〇〇万）、弘前の桜まつり（二〇〇万）、博多どんたく(二〇〇万)、札幌YOSAKOIソーラン祭り(一八〇万)弘前ねぷた祭り(一四〇万)、徳島阿波踊り（一三〇万）の順になっている。

※2、かつてはろうそくを灯し運行していた。今は台車にバッテリーを積み、電球を使用している。

（「街」H14・8）

□　おわら風の盆

もう五十年ほども前のことになろうか、越中八尾《やつお》町にと出かけたことがある。「おわら風の盆」にひかれてである。

八尾の町は富山市からJR高山線に乗って三十分ほどの山あいにある。人口二万。和紙の産地として有名である。

祭りは九月一日からの三日間。私は一日の午後三時に八尾に着いたのであるが、町は全町、ぼんぼり、提灯、幔幕で飾られ、もうあちこちから祭り唯子が聞こえていた。

この祭りは火の祭りでも水の祭りでもない。二百十日の風を和らげる祭りなのだそうである。つまり稲の大事な開花期に風を鎮めるため、踊りによってその悪霊を送り出すいわば風の祭りなのだそうである。

越中おわら節の歌の文句にこうある。

八尾よいとこおわらの本場
二百十日を　オワラ　出て踊る

涼しい風が吹いている。もう風は秋のものである。夕暮れ時、小暗い町並みのあちこち路地裏から、坂道の上から下から、格子戸の商家や土蔵の向こうからと、哀しい音色に合わせて静かな踊りの流れが出てくる。

地方《じかた》とよばれる胡弓、三味線などの囃子に合わせて、越中おわら節を唄いながら、男は菅笠をかぶり、揃いのはっぴに黒たび姿で、女は編笠をかぶり、揃いのゆかたに白たび姿で、ゆったりと流れ出てくる。

女の舞はしなやかな手の動きに艶があってあだっぽく、男の舞は直線的な手足の動きがあって粋である。

歌も踊りも叙情豊かで気品あり、もの哀しい調べの中に優美さを保っている。特にあの胡弓の音は、たとえようもないほどに切々と心にしみ込んでくる。

古来、わが国では賑やかなことを「お祭りみたいだ」という。お祭りには賑やかなものが多い。しかし、この祭りは実に静かで尽きぬ哀調をおび、それがまた人の心をうち、人を魅きつけてやまないのである。

月も出てきた。その月に差しのべるようにして踊る女性のしなやかな手の反りが、何ともいえずまた美しい。

この風の盆の白い手の反りを見ていると、いつしか私の思念は南部種市の盆踊りへと向かっていく。

私はかつて、青森と岩手の県境の小さな小学校に、臨時の期限付き助教諭として半年ずつ一年間勤めていたことがある。

つらいこともあった。その心を癒すべく、八戸から種差・種市へと海岸沿いを一人旅したことがある。

種市では盆踊りを見た。二・三十人ほどもいたろうか、女性だけの小さな踊りの輪であった。若い踊り手たちは私の前にくると、ことさら品良く踊ろうとしているふうに思えた。手の反りを深くし、その指先を見る眼にも輝きがあったように見えた。うれしくもありがたかった。月のきれいな晩だった。

その盆踊りの歌の文句は次のようなものであった。

なにゃとやーれ
なにゃとなされのう

今では出だしのその言葉しか思い出せないが、歌の意味は、「何なりともせよかし、どうなりとなさるがよい」という意味だということを後で知った。

何と哀切な恋歌なのだろう。熾烈である。直截である。あるいは粗野ともいえよう。しかし、私には美しい言葉だと思った。いい歌だと思えた。

それにしてもあの八尾のエキゾチックな胡弓の音は美しくも悲しく風のように忍びこんでくる。その音色が女性の優雅にして幽艶な舞いをいっそう引き立てているのだ。

八尾坂町わかれて来れば
露か時雨か　オワラ　はらはらと

これは何を意味するのであろう。あるいはまた、恋の歌なのであろうか。別れの歌。その真情がこの弦楽の旋律となっているのだ。

夜は更けてゆく。踊りは夜どおし続くのだそうである。いくつかの流しがあちこちの辻でいくつかの輪になっていく。人影も細っていく。

通りをはずれると暗い闇、疎水の瀬音も聞こえてくる。胡弓の音が風に吹かれてかすかに聞こえてき、ぼんぼりの灯りも遠くに淡く、影絵のように揺らめいている。とぎれとぎれに風に乗ってくる歌に耳を澄ますと

唄の町だよ八尾の町は
唄で糸とる　オワラ　桑もつむ

風を鎮め、稲の豊作を祈るために、三百年以上も踊り伝えてきたという風雅な信仰行事、風の盆。

宿に帰り、通りに面した部屋で踊りの囃子を聞きながら、いつのまにか私は眠ってしまった――。

朝、目を覚ますと造り酒屋の辻で、まだ二組のグループが小さな輪をつくって踊っていた。

（未発表　H14・10記）

回　熊出川釣行記

釣り師を陰と陽とに分けるとすれば、渓流釣りを好む人はどちらかというと、陰の部類に入るのではなかろうか。

渓流釣りの人は普通、川で他の釣り人と会うのを歓迎しない。自分のホームグラウンドをあまり語りたがらない。まして川のポイントなどは隠す傾向が強い。

釣りを職業としている人は自然にとけこんだかのように影も残さずに移動していくという。川岸や流れの石の上に自分の足跡を残さない。川幅いっぱいに張った山蜘蛛の糸もそのままにして上る。入渓者には先客がいたのかどうかのわからないと、気持ちは落ち着かない。

私は川にはたいてい一人で行った。陰の部類なのであろう。ひっそり一人で楽しむのが、どちらかというと好きである。複数で行くと、川に入っての釣り方とか、川を別にした場合には、その落ち合う場所・時間とか、わずらわしいことも多い。

さて、釣りシーズンも終わりというのに、あえてこの十一月、私は三回ほど釣行に及んだ。積丹の川にである。この時期、ヤマベやイワナの型も大きい。それに釣果も三桁を越えることがあったりして、その点では十分に満喫できた。

五年ほど前にO氏がこの川の情報を教えてくれたのである。夏時分には二人で何度かその川に入った。もっぱら本流釣りである。渓相も整い、深い谷もある。谷を渡る風は雲を追いかけている。竿も思いっきり振ることができた。

その釣り仲間のO氏の持論は、十一月は水温の関係で釣れない、である。

私は上の国の天の川や函館大沼の宿野辺川では、十一月いっぱい薄氷の張るまで釣っていた。それをこの川で実証したい思いもあった。そこで、紅葉もすっかり終った十一月中旬に入って、一人で出かけることにしたのである。

本流は水量が多くダメだった。上旬に雨の日が多かったせいもあろう。上流の方の支流もよくなかった。ところが町に近い小さな枝川では思いがけずよく釣れた。このように意外と釣れた理由に〝熊〟の噂がからんでいると思われた。

あれは十月に入ってであろう。町からほど近い何本かの枝川入口に、〝熊出没注意〟の看板が立てられるようになった。

実は宿野辺川に釣りに行っていた頃、同じような看板が沢の途中にニョキニョキ立てられたことがある。その看板を無視して中に入ってゆくと、例の公共工事。いくつもの堰堤工事をやっている。多分あの看板は、工事関係者以外の人をシャットアウトするためのものであったろう。熊の出た話を聞いたこともない。だからその奥では実によく釣れた。ヤマベでなくイワナであったが……。

その感覚で、私はその枝川に入ったのである。そこでは公共工事と思われるものはなかった。しかし町の浄水場もあり、町としてはその沢に入ってもらいたくない事情があったのではないか、などと思ったりして。

二回ほどは気分よく釣れた。釣りの醍醐味を十分に味わうことができた。

さて三回目の時、念のためにと町の駐在に電話してみた。

「熊出ているという情報あるんですが、本当でしょうか」

「どちらさんですか」

「札幌の者ですが」

「川釣りですか」

「ええ……、そうです」

「確かに熊出ていますよ。九月中旬頃からその話あります」

これには驚いた。熊の出没は事実だったのだ。熊など出ていまい、と高を括っていたからである。

「どの辺ですか」

「浄水場の辺りです」

これにはまた驚いた。私が釣っていたのは浄水場のそばを流れる細流である。

「今はどうですか」

「最近はあまり聞きませんがね」

私は入川を決行することにした。もう十一月も下旬になっていた。熊の話は九月のことであろうからと、勝手な理由をつけてである。川にはいつも笛と鈴をもっていくのであるが、今度は携帯ラジオも用意した。

現場に着くと、一面に霜がおりていた。正に霜月が実感された。川に入ると、電波のかげんでラジオの音量も十分でなかったから、笛を時々吹いた。ヤマベは水中の音には鋭く反応するが、空中の音には意外と鈍感なようである。自分の姿を水面に見せないようにして、足音静かに沢を遡行してゆく。

朝から風が少しあった。熊笹がザワザワと鳴るとやはり熊ではないかと一瞬怖じ気づく。鳩ほどの大きさのかけすの羽音も気になる。細い枯れ木の枝が頭上から落ちてきた時もびっくりした。

その日は例の岩場の小淵や砂防堤の落ち込み、二股のトロ場では結構釣れた。予想以上に釣れ、日も陰ってきたので沢から上がることにする。

今度は山径を下るので歩きやすい。車の止めてあるところまでは急ぎに急いだ。笛の音はキロロロロと高く響き、腰の鈴もシャカリシャカリと冴え、ラジオもとぎれとぎれながら音楽を奏でている。

車のところまできてほっとしたが、さてそこまできて、耳鳴りがしていることに気がついた。緊張のせいか、自律神経がやられたらしい。やわな神経であることは自覚している。耳穴に人差指を押し込むようにして、とっとっとっと圧迫してやる。今まではたいていそれで治った。が、今度だけは違う。

林道から道道のところまで下りてきて、裏の畑に出ているおばあちゃんと話をする。

「熊がでていたそうですね」

「そうですよ」

腰をのばしのばし教えてくれる。

「どの付近に出てたんですか」

「この川の奥とか」

「だいぶ、奥の方でしょう」

「いやいや、ほんの少し奥ですよ。今年は高校の下の墓地にも出ていましたからね」

「えっ、いつ頃ですか」

「うーん。ちょっと前ですよ」

「毎年そんな話あるんですか」

「去年からですねえー。山に食べるものがなくなったんでしょうかねえー」

別のところで、ビニールハウスを片づけている中年の男性にも声をかけてみた。

「熊出ていると聞きましたが本当ですか」

「熊は今年多いようですね」

「熊見ましたか」

「見たことはないですけどね。誰もいないと思いますよ。でも糞などは見ましたね」

「どの辺ですか」

「そこの畑の向こうに」と指さす。

「そんな話あって、こわくないですか」

「うん、まあ。熊は畑のもの欲しいんで、それ以上のことはしないでしょう。熊はみんなでドラム缶をたたいたりトラクターのクラクションを鳴らしたりして山へ迫っ払ったから、もう大丈夫でしょう」

悠長にも聞こえるが、大変だったことがわかる。

帰りの車の運転中は、CDもFMも聞きたいとは思わなかった。

夕暮れの初冬の海は灰色の波を岸に寄せていた。

シャック・コタン。アイヌ語で〝夏の部落〟を意味するそうであるが、十一月の積丹の海は雲低く、寒々としていた。耳鳴りの方は翌日の朝まで続いた。

かくして釣りはその日でもって切りあげることにしたわけであるが、計三回の釣行の結果は、十一月は釣れる、である。この時期の水温は釣果に関係なさそうである。釣り荒れていない川であれば、よし、というところであろう。

十二月に入ってすぐにO氏に会った。私は言った。

「十一月もあの川釣れますね」と。

O氏は言ったもんだ。

「今年の十一月は暖かかったからね。それに、支流の熊出川に行ったんでないの」と。

私の入る川を見透かしていたのであろう、いたずらっぽく笑いながらそう言った。

それでもなおかつ、私は思っている。そろそろ川には薄氷の張る時期。その頃にもう一度だけ、ヤマベの釣れ具合を確かめてみたいものだ、と。


（「街」H14・11）

回 阿波おどり

もう四十年ほども前になるが、後志の小さな高校に勤めていた時のこと。

そこの町は開拓当時阿波徳島の人が多く、北海道の阿波町といわれていた。

時の校長の、墳墓の地を見学させることに意義があるというお声がかりで、その年の秋、修学旅行は徳島まで行くことになった。和歌山から連絡船に乗り、徳島の外港小松島に入港したところ、埠頭は歓迎の人で、結構な人だかり。花束をかかえた人も見え、ブラスバンドの吹奏もあって賑やかである。と「歓迎・北海道仁木高等学校修学旅行団様」の横断幕が見えた。驚いたことに、私たちを迎えてのものであった。

カメラをかかえた人も見える。警察官も出ている。新聞記者と思われる人もいる。

船を降りると急遽セレモニーが始まる。歓迎の挨拶、花束贈呈、お礼の挨拶、矢つぎばやの記者の質問、カメラのフラッシュ……。

そのうちにバスがきた。一行がそれに乗ってたどりついた先は、市役所議場。予定変更の大歓迎会である。助役さんや商工会の会長さんもきている。

さっそく、「新ばし連」と称するグループ六十人による阿波おどりのご披露。そのおどりのなんとすばらしいこと。むべなるかな、この年の「徳島阿波おどり」に優勝したチームなのだそうである。

三味線、鉦《かね》、太鼓、笛などの囃す二拍子のテンポに合わせ、まことに南国的な情熱的おどりである。

踊る阿呆に見る阿呆
同じ阿呆なら踊らにゃそんそん

さすがは本場でのそれ。囃子に合わせて緩急自在。そしてあくまでも陽気で軽快。

男おどりはねじり鉢巻きをし浴衣《ゆかた》をはしょって剽軽な感じの個のおどり、女おどりは鳥追い笠をかぶり優美な感じの集団のおどりである。

特に男おどりは単純なリズムに身を任せながらも、それでいて実に多種多様で変化に富み、自由奔放なおどりとなっている。女性の方はどうか。そろいの浴衣に黒繻子《じゅす》の帯。その阿波娘がピンクの蹴出しをひるがえす様はなんともなまめかしい。

祭りの期間は八月十二日～十五日の四日間という。日が落ちて町が街灯や提灯で照らし出されると、趣向をこらした浴衣姿のおどり手たちが一斉に繰り出し、いたるところで乱舞の渦ができる。それも「連」（おどりのグループ）の数で約九百。これが徳島の夜の街全体を揺るがすのだそうである。

宿に帰ってからは、そこの主人や娘さん、女中さん、はては四つ五つの女の子からおどりの手ほどきを受けた。手をあげて足を運べぱ阿波おどり。形にとらわれず、手足を交互に動かし、リズムに合わせる。あとは楽しくご自由に、というわけである。

宿にはまた、新聞、テレビ等で知ったという近郷近在の人たちが次から次へと訪ねてくる。阿南市からきたという年輩の人が、自分の農園から穫れた完熟もぎたてのパイナップルを「皆さんでどうぞ」と二箱もってきてくれた。そのおいしかったこと。

翌日は徳島城跡や眉山、阿波の十郎兵衛屋敷などと市内見学したが、街路樹のワシントンヤシの並木が実に印象的であった。

帰途は大阪に出、東京・日光と見学したのであるが、その思い出はてんめん纏綿として尽きることがない。

仁木町に阿波おどりが見られるようになったのはそれからである。今は道内六市町に十五の「連」が結成され、札幌のＹＯＳＡＫＯＩソーランにもアレンジされた阿波のおどりがいくつか見られるようになった。

（未発表　Ｈ14・12記）

回　人生百年

当方、六十に六加の齢。六十六歳は緑寿ともいうのだそうである。百貨店協会が高齢者の仲間入りをする節目にと、今年から勝手に慶事を設けた。

昨年はまた、頼みもしないのに市から「敬老手帳」なるものを貰った。何としてでも老人の仲間入りをさせようというのであろう。

なるほど七十歳を昔から古稀ともいうから、六十六ともなると、わが人生定まれりといえよう。それにしても六十六歳を高齢者、七十歳を古稀とはひどすぎないだろうか。

言うまでもなく「古稀」は杜甫の詩、「人生七十古来稀《まれ》なり」（「曲江」）に由来する。しかし、漢詩の世界では「人生百年」の詩句はあちこちに散見するも、「人生七十年」は杜甫の「曲江」以外、浅学にして私は見い出せない。中国の詩人たちの多くは、人生百年の気概をもって社会や人生を詠んでいるのである。

例えば白楽天の「閑座」という詩には「百年慵裏《ようり》に過ごし」（人生百年といわれる生涯を不精の中に過ごし）とあり、陶淵明の「飲酒」では「人生百に至ること少《まれ》なり」（人は百歳まで生きるのはまれなのだ）と詠じている。つまり百歳が古稀なのである。

一海知義氏はこの詩の解説の中でこう述べている。「人のいのちは百歳まで、というのが古来中国人の考え」（中国詩人選集「陶淵明」）と。人間一生のスパンを古き中国では百年と捉えるのが一般的なのである。

人間の本来的な寿命は古今、変わらないと思う。たかだか千年二千年の間に、ヒトのDNAはそう簡単に変わるはずがない。養生に徹し運がよければ、昔も今も百寿は可能なのだ。古来、日本人は杜甫の「曲江」の詩句をもてはやし過ぎてきた。然るが故に、われらはわれらの人生を狭めている。

そんな理屈にもならぬ理屈をこじつけて、七十になんなんとするこの男、「人生百年古来稀なり」なのだと一人憤慨しているのである。そして百歳までは生きるつもりである。いやはや、何ともおめでたき人である。

（「街」H14・12）

II　奥尻・月暦（エッセイ・2）

回 鴨田の赤パンツ

青森と岩手の県境いに南郷という村があって、そこに鳩田《はとだ》という集落がある。昭和三十四年、そこは貧しいところだった。家の中には畳がなかった。ムシロやゴザが敷かれていた。生徒たちは白い御飯を食べていなかった。粟や稗である。

私はその鳩田小学校に新卒の教師として赴任した。一学年一学級規模の学校であり、私はそこの六年生の担任、そして体育主任ということになった。

昼食時、教室にはほんの二、三人しか弁当を持って来ていなかった。生徒は消えていなくなるのである。わけを聞いてみると稗や粟の弁当を広げるのが恥ずかしいのだという。

家で食べているものを学校で食べて何が恥ずかしいのだ、と「弁当持参」を決めた。

下宿のおばさんに稗と粟の飯を炊いて貰い、食べてみた。稗のほうは何か突きささる感じがして、なかなか喉を通らない。粟のほうは、黄金色に輝き見た目もきれいで、これはおいしく食べることができた。しかし冷えるとまずかった。

村には小学校が三校あった。鳩田の生徒は一様に他校生に劣等感をもっていた。それに体格の方も劣っているように見える。

この村で一番最初に拓けた土地は一区と言い、三区の鳩田は他の地区に比べると新しい集落で、条件の悪い痩せた土地を耕している。

村は丘陵地帯になっていて、田んぼはない。人々は主に麦や煙草を栽培していた。その中でも鳩田地区は煙草畑が多いように思われ、収穫や乾燥の季節になると子供たちは一斉に動員された。煙草の葉は大きい。その穫り入れた葉を、家中にはりめぐらした荒縄に掛けて乾すのである。

秋には三校対抗の運動会が開かれた。花形は最後の種目の、男子四人・女子四人、計八人でグランドを四周する混合の八百メートルリレーである。

娯楽の少ない村では、この運動会は村人の楽しみの一つであり、大勢の観客があつまる。そしてそこでいつも三区の鳩田は負けていて、劣等感を強く抱くようになっていた。他の二校の鴨にされていたから鴨田小学校とも揶揄されていた。

体育主任として私は策を練った。生徒の劣等意識を除くには、村人の大勢集まる運動会のしかも最後の花形競技で勝つこと、これがまず第一。そのためにはどうするか。

子供たちの練習状況を見ていると、バトンタッチゾーンで転んだり、バトンを落としたりすることが多い。ここで継走者に確実に手早くバトンを手渡すことができれば、仮に体格が劣っていようが走力が弱かろうが勝つことができる、そう踏んだ。そのためにバトンを渡す相手が遠くからしっかりと確認できるように、全員に赤い短パンをはかせることにした。皆なは嫌がった。泣いて抗議する者もいた。そこは心を鬼にして、強制した。

次に作戦として、八人の選手の中で最も速い男子選手を第一走者にした。一番の選手は最後にもってくるのが常道であろうが、その逆を行くことにした。アンカーには女子のトップを置いた。そして速い順に、男子生徒を一〜四番に、他の女子三人を五〜七番にと据えた。タッチゾーンで他校選手と競り合うのを避けるためである。

もう一つ。バトンを受け取る人をタッチゾーンの先端部分に張りつけ、バトンを確実に受け継ぐまで走らない、という約束事も決めた。助走してバトンを受けとる方法は小学生には不向き、と見たのである。

当日となった。快い秋晴れである。万国旗も空にまぶしい。そしてそれぞれの種目が順調に進み、いよいよ、最後の各校（各地区）対抗の混合リレーとなった。わが鳩田の選手がどこに立っているかは一目瞭然である。

「何だ、あの赤パンツは」。群集からそういう声もきこえた。

最初のランナーは予想どおり、トップでバトンを手渡しする。二人目は二番手の男子、三人目もさらに男子と続く。やはり男子は女子よりも強い。鳩田チームはバトンタッチをスムーズに行い、群を抜いて先頭を走っている。

観客がざわめいている。

「おーっ、鴨田の赤パンツ！」「三区もやるナス」「まんずサ、ナス」

後半、今度は、女子四人である。さすがに追い付かれてくる。じりじりとその差が狭まってくる。ゴール近くになって追い抜かれそうになった。がしかし、最後の女子アンカーは必死になって頑張った。そしてすんでのところでトップを守り、テープを切った。

　東側に陣どった鳩田の生徒や父母たちは皆な総立ちとなった。飛び跳ねる者、抱き合う者、泣きじゃくる者。「勝ったァー」「勝ったァー」「勝ったァー」

　帽子は飛び、椅子は倒れ、その歓声は地を揺るがし、天に響く。小柄でおとなしいA君も顔はくしゃくしゃ。「勝ったァー勝ったァー」と泣きながら叫んでいる。「鴨田の赤パンツ」はこうして一躍有名になった。


　その鳩田小学校を一年にして私は去った。懐かしい懐かしい一年であった。今、南郷は市町村合併で八戸市となり、その地を高速道路が通り、十二月から近くを新幹線も走っている。村も裕福になり、かつての集落もすっかり姿を変えた。

　しかし、私の鳩田は昔のままに今も消えずに残っている。


（「街」H15・1）

回　前相撲を観て

前相撲とは番付にもまだ載らない入門したばかりの新弟子の相撲である。「序の口」の取り組み前に行われる。

今年の一月、その前相撲を国技館で観た。初場所七日目のことである。取り組み開始は九時二十分。会場は小暗く、電光掲示板には灯りもついていない。観客は広い会場に四十人ばかりもいたろうか。

呼び出しが扇子ももたずに、「ヒガーシー、ターニィーイーイー、ニーシー、フジィーイーイ」と名前を呼びあげる。粋なたっつけ姿ではあるが、手に扇子はなく、それに裸足である。谷と藤が土俵にあがる。ここはやはり、谷川とか藤ノ山などとなると呼びやすいのであろうが、まだ二人は四股《しこ》名をもっていない。呼び出しも間が抜けたような感じでやりにくそうであった。

相撲界では正式には十両以上が一人前の力士（関取）なのだそうである。幕下以下序の口までは力士養成員となる。

前相撲をとる人はその序の口の前の段階の人であるから、いわば力士養成員補とでもいえる存在。まだ十五・六歳の少年たちであるが、いずれも将来の横綱を夢見て土俵上は真剣そのものである。

さてその谷と藤。谷は少し体格も大きいが、藤の方は色白で痩せ形、肋骨もあらわである。しかし、新弟子検査に合格した人でもある。将来の関取を想像するには少し不安なところもないではないが、稽古を重ねるにしたがって筋骨隆々となり、いかにも関取と呼ばれるにふさわしい風貌となっていくのであろう。

二人はまだ、ざんばら髪。土俵にあがって塩を撒くこともしない。塵《ちり》を切ることも四股《しこ》を踏むこともない。ただ、蹲踞《そんきょ》のあと、まっすぐ、一発勝負なのである。

行司は最初からこう言う。「時間なし、待ったなし」。次に「はっけよい、残ったー残ったー」と。「はっけよい」は「発気揚々」の意なのだという。十両以上の取り組みを放映しているテレビ観戦とはだいぶ趣が違い、実にスピーディに相撲は進行していく。

その行司はというと、これまた十七・八歳ぐらいのあどけない顔をした小柄な少年で、やけに派手な赤い直垂《ひたたれ》を着ている。不似合いなのである。烏帽子《えぼし》をかぶり手に軍配をもってはいるが、足袋も草履もはかず俗に「はだし行司」といわれている。

けれども、この行司もまた十年・二十年と経験を積むにしたがって、衣裳も似合うようになり、落着いた風格のある行司に育っていくのであろう。白足袋、草履をはき、腰には短刀を差して軍配をとるという立行司めざして頑張っているのである。

結局、この勝負は谷の力強い動きで決着が付いたのであるが、それにしても藤の土俵ぎわでのしぶといねばりには、今後に十分期待をもたせるものがあった。身体のバネもいいようである。

さて、次の山田・旭天山戦はどうか。旭天山はモンゴル相撲出身の人である。高校相撲出身の山田とがっぷり四つに渡り合っての一分半にわたる技の掛け合いには見ごたえがあり、閑散とした朝一番の時間帯にはもったいないくらいの熱戦であった。ともに頼もしい関取に成長していくことであろう。

こうして他の外国人の新弟子も何人か入りまじって、五組ほどの取り組みは終わった。翌日はまた、別人の新弟子による前相撲が行われていくはずである。

この前相撲をとっている人たちが五年後十年後関取となり三役となっていく頃、日本の相撲も大きく変わっているに違いない。モンゴルの相撲、ロシアのサンボ、東欧勢のレスリング系の投げ技を取り入れて、さらに一段と進化していくことであろう。今や外国人力士は過去最多の五十四人、実に十二ヵ国に及ぶという。この日の前相撲を観戦しただけで、その思いを強くしたという次第。

これからの相撲は大柄でスピードがあり、多彩な技を駆使できる力士が要求されていく。国技といわれる日本の大相撲も、いよいよ国際化、多国籍化の時代に入ったようである。

（未発表　H15・1記）

回　奥尻・月暦

奥尻。アイヌ語でいう「イクシュン(向こうの)、シリ(島)」。渡島半島から見ての「向こう島」なのである。

島は一町から成り、人口は約三千九百、周囲は八十四キロほどあり、山ふところは深い。私はそこの高校に平成三、四年と勤務した。

四月。夜、アオバズクがホウホウ、ホウホウと太く低い声で鳴いている。公宅の目の前、赤石川の切岸の林で毎晩鳴いている。つがいで棲みついているようだ。

キジバトが、植えた畑の豆を掘り返すのもこの頃。満腹すると、木の天辺でデデッポッポーをくり返している。うぐいすもまた、いつもの場所の繁みの中で、声を整え鳴いている。

五月。島の人は山菜採りに忙しい。親戚縁者揃って出かける。ワラビ、ゼンマイ、ウド、タケノコ。それに木の芽のタランボ、アイヌネギのキトビロ。

道に迷ったら海岸に降りればいい。クマもマムシもいない。恐れるものはいない。とはいってても山は深く広い。タケノコとりの時は携帯ラジオを鳴らし、木々の枝に赤い目印を結びつけ、時にはスズランテープを張って奥山に入る。

山にはニリンソウ、カタクリ、エゾエンゴサク、キクザキイチゲも咲いていて、全山花の島となる。

六月。朝、ホトトギスの声を聞く。響きわたるいい声である。昼下がり、エゾハルゼミが合唱している。エゾと名がついているが本州にもいる。南部・下北で聞いたことがある。

海ではカモメが騒いでいる。島のカモメはほとんどがウミネコである。飛翔時はスマートで美しく見えるが、よく見ると眼は黄色、嘴も黄色で、顔相は恐ろしい。船着場に落ちているホッケなどは二、三本をまたたく間に頭から丸飲みする。性格もきつく、カラスも一目置いている。

カモメに比べるとカラスなどはずっとかわいい。黒いつぶらな目をしている。餌を砂地や軒先に隠す習性あるが、その仕草も剽軽である。

夜、イカ釣り船の漁火がぐるりと島を包みはじめる。霧も発生しやすく、漁火も見えつ隠れつ。

同じ夜、テトラポットではクロゾイの入れ食い。

下旬には賽の河原の魂祭り。水難溺死者の慰霊祭である。灯籠流して、亡き人を偲ぶ。辺りにはノハナショウブやハマナスも咲いている。

七月。コウライキジが赤い顔して鳴いている。ラブコールなのかテリトリーを主張しているのか、ケーン、ケーンと鋭く鳴いている。お世辞にもきれいな声とはいえまい。

海岸では町の人がマメツブとり。海には漁業権が設定されていて、漁師でない人は何ものもとってはいけないという。とっていいのは、海岸のいたるところにいるマメツブのみ。ただし、魚を釣るのはいい、と。もっとも、地元の人で、こっそりと、アワビを盗っている人もいるようではあるが。

岬にはエゾスカシユリ、エゾカンゾウ。

山中には奥尻固有種のオクシリエビネも咲いている。幽霊花ともいうギンリョウソウも咲いている。日陰に咲く茎も葉も花も純白の菌根植物。次の年は同じところにけっして咲かないという。

ヤマセの吹いた次の日は、ウスバキトンボの大発生。車を走らせるとフロントガラスにぶつかり、油膜ができるほど。

沖では磯舟が桜貝獲り。そして室津祭り、鍋釣祭りの賑やかさ。

八月。海水浴シーズン。青い海は透明度全国一。「この国より青き国なし」である。浜は観光客で賑わい、子供の歓声が絶えない。

川では子供たちのザリガニ取りやアユすくい。アユすくいにはタモ網を使い、下流から魚を追いかけて空中に跳ねたところをすくいとる。大人の人は一日に三桁ほどもとっている。アユの漁法としては実に珍しい。

この時期、島への来客は多い。美味なのは生アワビ、アワビのウロ、ウニ丼。

夜の街灯には遠ち近ちにミヤマクワガタも。

九月。青苗に向う途中の岩山は全て御影石。きめ細かな黒ゴマ模様の美石である。その崖ぶちには白色の花弁が美しいセンニンソウも。花が終わると花枝が伸びて白い毛を伸ばす。人はその白い髭から仙人草と呼んでいる。

そこにはまた、釣鐘状の紫色したシャジンソウ、時にはトリカブトも交じっている。

十月。西風が強くなり、船も飛行機も欠航が多くなる。冬期間には江差に、四・五日逗留という人も出てくる。

この頃、ヤマガラ、ヒガラ、エナガが小枝から小枝へと忙しげに群れ飛ぶ。山にはコクワ、マタタビ、山ブドウ。

きのこ狩りは何といってもブナマイタケ。ラクヨウタケやボリボリ（ナラタケ）も豊富。町の人にとって秋の楽しみのひとつである。

また、この頃、月が清かに澄みわたってくる。群雲から顔を覗かせる海上の半月。海面の月の影。松林の向うの、月に照らされた波の背の光。

昼は昼で太陽光線の角度や波のうねりで、海の色はいくつにも変化する。セルレアンブルー、コバルトブルー、エメラルドグリーン……。

十一月。時には小春日和。磯近くで何をとっているのか、小舟が一艘止まっている。舳先にカラスが一羽、カーァ、カァーアアアとおじぎをしている。艫にいる漁師に餌をねだっているのだ。漁師は釣った魚を時々やっている。何ともほほえましい。

上旬、山に入ってみる。「秋山明浄粧ふが如し」とは誰の詩であったろう。心澄む思いがする。黄落誘う幽かな時雨の音もまたいい。

夜、港にはカモメ。車のヘッドライトをつける。暗く寒々とした波間に白い腹を見せて浮かびあがるカモメは実に美しい。「忍ぶ川」の映画の一コマを思いだす。

十二月。オジロワシ、オオワシがカムチャッカからやって来る。オジロワシは尾が白く、オオワシは肩が白い。海岸の岩壁や古木の枝に止まっている。鋭い眼光、爪、嘴。日本に生息する最大の鳥。正に王者の風格。

一月。この頃大先輩からゆずり受けたロッキングチェアを揺らしながら、雪の降る海を眺めて、クラシックを聴く。

二月。釣りあげたホンカジカの大きいこと。小岩を釣りあげたような重量感。いや釣りあげられるものじゃない。船を入れる斜路に三人がかりで引きずりこんだのだ。

「ホラ、そこにカジカがいるよ」と漁師にいわれて、岸壁から海の底を覗きこむのだが、いくら見てもわからない。左右に二顧しなければ、魚の大きさは計れない。あまりに大きすぎたのと、カジカの保護色で岩にしか見えないのだ。その岩が魚になった時は驚いた。タラもまた、どでかい。とれたてのタラは刺身も抜群。ホッケの刺身もここでは実においしい。ホッケの飯鮨は奥尻ならではと思う。イワノリの味噌汁も冬のもの。

雪の斜面にはタヌキの足跡。

三月。港には細い雨。庭先の寒ツバキの、朱を点じた位置の確かさ。島には珍しくも温泉がある。その湯につかり、日本海に沈む夕陽を見ながら春を待つのもいいものだ。

（「街」H15・8）

◻ YOSAKOI・ソーラン祭り

いったい何だろう、この祭りは。面白い祭りが札幌に生まれて十二年。最初十チーム千人の踊り手でスタートしたのが、今や全国から三百三十チーム四万の踊り手を数え、二百万の観客を動員して踊り狂っている。

日本で最大の祭りは青森のねぶた祭りなのだそうである。観客動員数四百万。それに次いで「札幌雪まつり」二百万、「博多どんたく祭り」二百万、「弘前桜まつり」二百万、そしてこの「YOSAKOI・ソーラン祭り」一八〇万というから、とんでもないものが札幌に誕生し、成長したことになる。

当初は何かしらうさんくさく、異質なものを感じさせていたが、しかし、年を追うごとに洗練され、北海の地になじんでしまった。しかもその規模・内容は年々進化変容しており、あるいはあと十年もすればねぶた祭りを凌駕するものとなるのではなかろうか。驚くべき早さでＹＯＳＡＫＯＩ祭りは文化としての広がりを見せ、質を高めている。

踊りはジャズダンス、エアロビックス、ディスコ、ブレイクダンス、ラップダンス……、何でもありである。ただ、曲にソーラン節のワンフレーズをとり入れる、手に鳴子をもつという二つのルールがあるだけで、あとは全くの自由。アップテンポのリズムに編曲したオリジナル曲に合わせ、これまた全く独創的なメイク、衣裳、振り付けのもとにダイナミックな群舞を披露している。高知よさこい祭りに起源をもち、よさこいを遥かに越えたこのユニークな祭りから、近いうちに札幌発信の新しい文化（ファッション、音楽、ダンス）が次々と生まれてくるのではなかろうか。

ここで、今年のＹＯＳＡＫＯＩ・ソーランで強く印象に残ったチームをあげてみよう。

「三石なるこ会」

色鮮やかな大漁旗で作ったリバーシブルな衣裳。魚を追い込む仕草の振り付け。「魚だ魚だ、網を打て！」という力の入ったかけ声。アレンジしたソーラン節のソロも、敲きつけるような三味線の音もいい。踊り手は町のごく普通のオバさんたち。

「平岸天神」

ＳＴＲＯＮＧ、ＳＰＥＥＤ、ＳＨＡＲＰ、ＳＭＩＬＥの４Ｓをモットーとしたその踊りは、実にフレキシブルである。正調ソーラン節に合わせた表現力も抜群。正にお祭りとなっている。

「新琴似天舞龍神」

東洋的な美しい曲にフィットした「和」のコラボレーションがすばらしい。踊り手の笑顔も素敵である。

「北海道大学〝縁〟」

沖揚節、こちゃえ節などの曲調に乗って、赤の法被に赤のふんどし。「たぎる血潮は火と燃えて……」というところであろうか。伝統のバンカラも取り入れた力強い乱舞。

「極楽とんぼ」

何とも楽しげな演舞である。青空をつき抜けるような明るさと、秋風に飛ぶとんぼのような爽やかさをもつ。ＪＡＬがスポンサーというが、翼、羽根をイメージした振り付けはいつも新鮮である。

「バサラ瑞浪」

飄々とした感じの曲調と踊り。「それがどうした?」と言っているような、自由気ままで物事にこだわらない大らかさをもつ。一度聞いたら忘れられない親しみを感じさせるおかみ節。人生の哀歓を経てきたオバさんたちの粋。

その他、シャレた都会的センスをもつ「á la colette!? 4プラ」。重厚、正統派とも言える「石狩流星海」。バック転、宙返りなど体操の技をも取り入れた少女チームの「ＡＪＧ　ＫＩＤＳ」。プロの有名デザイナーの衣裳で話題性のある「踊り子隊美翔女」なども私の好きなチームで、人気もある。

ところで、この「YOSAKOI・ソーラン祭り」が大ブレイクしている理由は奈辺にあるのだろうか。

祭り実行委員会によると、キャッチフレーズは「街は舞台だ、日本は変わる」なのだそうである。「街は（われわれの自己表現の）舞台、日本は（われわれの手によって）変わる」という意なのであろう。「日本を変える」では鮮烈すぎる。「日本が変わる」ではよそよそしい。「日本は変わる」によってこのキャッチフレーズは、将来に漠然とした不安と焦燥をもっている若者の心をソフトに捉えたのであろう。

二つ目は、主催は学生が中心となっていてコマーシャリズムが稀薄であり、その清新なイメージが好感をもって迎えられているということ。それに、梅雨のない爽やかな六月。自由で明るく清潔感のある近代都市札幌。それらの条件が充足している環境で踊れる爽快感が、全国の人々を惹きつけてやまないのであろう。

第三に祭りの決まりごとが、鳴子とソーラン節のワンフレーズという二つのルールしかないという明快さも影響していると思う。地方《じがた》（音楽、音響、照明）、立方《たちかた》（メイク、衣裳、振り付け）、囃子方《はやしかた》（声出し、生演奏）にしろ、その独創性が全て参加者にゆだねられ、実に自由で取り組みやすかったのである。新しい発想の祭りが抵抗感なく受け入れられた理由もそこにある。

リラの花咲く六月中旬。太鼓の震動がアスファルトの路面から地鳴りのように響いてくる。じっとしておれない躍動感。「街が舞台」となっているのだ。観せる側、観る側一体となって、参加者は初夏の風を受けながら「ハレ」の一時《いっとき》を満喫する。踊って楽しく、見て楽しい。

場所は札幌の大通公園を中心に市内二十七会場。期間は五日間。今夏は二百二万の観客を魅了し、乱舞した。経済効果も二百億を越えるという。

都市の本質はまつりごと（政事、祭事）にあると思う。

歴史の浅い札幌で、今ようやく自由に参加でき、一緒になって充実感達成感を味わえるような夏の祭りを市民は手にすることができた。自分たちの祭りをである。

そしてこの祭りは歴史にもまれながらも更に進化発展を遂げていくことであろう。いずれアキがきて、などというものでもあるまい。

「祭り」とは何だ、という哲学的民俗学的意義づけはさておいて、とにかく祭りと名のついたこの「ＹＯＳＡＫＯＩ・ソーラン祭り」を、初夏を彩る北の大地の風物詩として大事にしていきたいものである。

街揺れてＹＯＳＡＫＯＩソーラン夏来たる

（未発表　Ｈ15・夏記）

□ 弘前の桜

花といえば桜、桜といえばソメイヨシノである。

江戸の国学者本居宣長はヤマザクラを最も愛したようであるが、しかし、その頃、ソメイヨシノという品種はまだなかった。この花が作出され植栽されていったのは、江戸末から明治の初め。以来、ソメイヨシノという桜は日本人の心を捉えて離さない。

弘前公園の桜は日本一といわれる。ソメイヨシノ五千本がゴールデンウィークの時期に単一に一斉に咲き誇る。公園内には他の種の桜もあるにはあるが、いたって少ない。この桜一色なのである。日本最古のソメイヨシノまである。

林檎、桜桃など西洋から入った果樹がこの地の地味に合ったように、この新種の桜樹もまた、冷涼な津軽の気候風土に最も適ったのであろう。だからその美の装いをことさらに凝らすことができるのだ。

それに白塗りの天守閣や櫓、黒塗りの門、朱塗りの太鼓橋、さらには老松の緑、三重の堀、二階堰の疎水が桜を際立たせ、万花の春を演出する。

私はその公園の北口近く、岩木川を渡ったところに生まれた。

少年の頃は外堀で鮒や鯉を釣ったり、内堀で菱や蓮の実を採ったりして遊んだ。

観桜会（桜まつり）となると、気持ちもそわそわしてくる。公園の北の丸には大きなテントが張られ、サーカス小屋が建つ。曲乗りや蛇娘などさまざまな見世物小屋も幌を掛ける。やがてジンタの音や口上の濁声が聞こえはじめると、建ち並ぶ北の曲輪の露店からはものを煮たきする匂いも漂い、賑やかなざわめきが夜遅くまで続く。

あれは、ある種の潔癖感をもつようになった中学生の頃だったろうか。

親戚の人も一緒に、家族連れ立って花見に出かけたことがあった。その日は本丸に場所を取れず、二の丸のやや湿っぽいところに座を設けた。

そこへ流しの三味線弾きが猥雑な賑やかさを連れてやってきた。娘さんも加わっている。なぜか私は悲しくなってきた。二・三曲ほど終わって、父に花代を手渡すようにといわれ、彼女と一瞬目が合った。がしかし、すぐに彼女の目線は宙に舞った。端整な顔立ちの、きれいな人だった。

高校、大学時の七年間は公園の中を毎日歩いて通った。公園には西の春陽橋から入り、堀端の桜のトンネルを抜け、長坂をあがれば左手に天守閣、それを仰ぎ見て南内門を通り、杉の大橋を渡って追手門に出、南へと向かう。

春、時には花かげにヒヨドリが二、三羽、花の蕚の部分を突っついたりしているのが見える。花の蜜に吸いあきて、花びらを散らせ、遊んでいるのであろう。

時には西堀に花吹雪が舞い、花の上を漕ぐボートがその跡を見せたりしている。

満開時の華やかさ、散りぎわの潔さ。桜は咲いてよし、散ってよしなのである。夜桜の幻想的な気配もよいが、朝の桜が風のないのに雪のように散っているのもいい。

朝の桜花に浮かぶ天守閣、夜の堀に枝垂れる万朶の桜。

黒ずんだ屋根瓦に散り敷く花の弁、堀の水面《みなも》の花の舟、疎水に流れる花の帯。それらがまた、何ともいえずに美しい。そして、不思議と落花に老いはない。

先年、大学の同期が集まって花見をしたことがあった。銀行専務のＨ君は酒好きで歩きながらもコップ酒を手放さない。そのコップに、花びらがひらひらとひとひら舞い込むと、「桜酒、何で酔わずにおらりょうか、なんてね。」と童顔をほころばせながら、地酒に口を寄せていた。

桜は一重に限る。八重ではこうはなるまい。八重桜はくどく、重く、そして少しねじけている感がする。やはり一重のそれは散り方も爽やかなのである。

一時期、桜は軍国の花とされた。それはソメイヨシノの散りぎわにイメージするところが強い。しかし、花に罪はない。己が領分にしたがって、桜はひとすじに咲き、そして散る。その健気なありようを見ながら、私はその時、ふと思った。あと何回、桜の花を見ることができるのだろうか、と。ゆく春を惜しむ心は、ゆく命を惜しむ心にもつながるのであろう。

桜の花には単に命の美しさのほかに、命のはかなさを思わせるものがある。はかなさがあるからあきらめもつく。あきらめがあるからこそまた生きていける。そのように心を働かせるようになったのも、忍び寄る老境のなせるわざなのであろうか。

桜の花に人生を思うのは私だけではあるまい。


（「さっぽろ市民文芸」H15・10）

回　至福の時

北海道積丹の付け根に当たる余市地方は北海道屈指の果樹園地帯である。私はそこの高校に十年ほど勤めていたことがあった。

毎年三月、残雪に脚立を立てて農家の人は果樹の剪定に入る。

ある日、私は隣家の農家の人に頼み、梅や桃、李、杏などの小枝を拾い集め青銅の大きな花器に無造作に入れておいた。やがてそれらは時間が経つにつれて固い蕾みを膨らませ、時至って花を咲かせる。

それがいかにも自然で素朴で、繊細端麗。色の配列といい丈の長短といい、我ながら花の選び方と挿し方に感心した。花をいとおしむ心さえあれば活け花は成立すると思った。

活け花とは花の命をいったん断ち、そしてその生命を蘇らせる。何とも不思議な作法である。その行為にあるいは迂遠な死生観が隠されているのかも知れない。しかし私のそれは、ただ単に自然の美を部屋の中に再現したいという単純な衝動に駆られたものであった。

この様々な果樹の花は生命に輝いている。必死になって、次世代の種を宿そうとしているのであろう。けれども生命の根元は既に断ち切られている。剪られた小枝に宿る内部生命のみで、はかないながらも生を燃焼させている。何ともいえない切ない思いに私はとらわれたが、そこにあるのは巧まずしての無為の美である。そしてその美は匂い立つ香りに包まれていた。

花の美しさは香気によって倍加される。花はその自然な芳香をブレンドしながら、部屋いっぱい、というより家中いっぱいに発散させていた。

そんな夜、灯りを消してその香りにかこまれながらまどろみに入る。この一瞬は私にとって何ものにも代えがたい至福の時間であった。

以来私は函館に転勤になるまで、その剪定時期を心待ちにしていたのであった。


（未発表　H15・10記）

回　東京病

若い頃、私は東京病に罹った。何とかして東京に出たいと思った。

家庭の事情で地元弘前の大学を出たが、就職は都立の高校教員が第一希望だった。教員採用試験は中学・高校とも東京・青森・北海道を受験した。しかし、どこも合格しなかった。六〇年安保（一九六〇年の安保条約改定）を一年後に控えての、物情騒然としていた年のことである。

就職担当のT教官から、「率直に言おう。君は学生自治会の委員長をしていたからブラックリストに載っている。だからどこもだめなのだ」と。しかし言葉を継いでこうも言った。「ただし、一つだけ行けるところがある。三戸郡の鳩田小学校だ、行く気があるか」と。小学校教員の免許はもっていないから助教諭である。それも九月末までの期限付き。十月一日に採用がなければ自然退職となる。

一九五九年（昭和三十四年）四月、私は鳩田小学校に赴任した。青森と岩手の県境にある小さな学校だった。そこは貧しい地域で、多くの人は稗や粟などを主食としていた。

その頃、安保改訂阻止のため、全学連・労働者などのデモ隊が国会を包囲するなどしていた。私もそのテレビを見て、デモに参加すべきだという衝動に駆られた。卑怯ではないかと自分を責めたりしていた。しかし、結果的に東京に行かなかった。

そのこともあってか、十月一日付けで再採用となった。もちろん三月三十一日までの期限付きである。

その年の十一月、全学連の学生を中心にしたデモ隊が国会構内に突入するという事件もあった。が、私は相変わらず鳩田にいた。そしてその半年間を無事に勤めあげると、受験してもいなかったのに、四月一日から八戸一中採用の通知が入った。

うれしかった。が、その赴任を拒否して、今度は弘前のミッションスクールである私立高校の教員になった。大学からの紹介によるものだった。

一九六〇年（昭和三十五年）は日本国中、安保に揺れた。五月には、デモも激しさを増して流血の惨事がおこり、東大生樺美智子が死亡。六月には三十三万人のデモ隊が夜を徹して国会を包囲、七月には安保改訂を決めた岸内閣も総辞職し、首相は池田へと変わった。

私はこの年の安保改訂阻止の行動にも参加しなかった。私は賛美歌を歌い、聖書を読むなどしていて、東京に行かなかった。

そうこうして二年もすると、私立高校ゆえの将来に対する不安も感じるようになった。私学の学校経営には浮き沈みがあることも分かってきた。

そこで県の公立高校教員採用試験を受けることにした。

今度は合格だった。唯心論のミッションスクールに勤めていたわけであるから、私の思想性を危惧していた県教委も大丈夫と思ったのであろう。

赴任先は下北の小さな町の高校だった。結果的に私はそこをも赴任拒否してしまった。

というのは、当時札幌から少し離れたところに仁木という村があって、そこの高校の校長から欠員があるから来ないかという話があったからだ。

東京に出よう、東京の高校教員になろう、それが私の夢だった。そのために北大の大学院に行ってもう少し勉強したかった。仁木の校長は、北大の聴講生を兼ねてもいいということだった。

そこの学校は昼間定時制で、夏・冬休み、それに田植え・稲刈り、林檎の袋かけ休みまである。さらに土曜日もあけてくれるという。私にとっては願ってもないことだった。渡りに舟である。

一九六二年(昭和三十七年)、私は勇んで仁木高校にと赴任した。津軽海峡を渡ったのである。ところがその校長が一ヶ月で転勤となり、話はうまくいかなくなった。学校も村立から道立へ、定時制から全日制へ、普通科から商業科へと二、三年ほどの間に目まぐるしく変わった。それに私もその地ですぐ家庭をもつことになり、経済的な事情もあって自然と大学院通いも立ち消えになった。

一度は東京に行き公立高校の採用試験も受けた。だが合格までには至らなかった。いつしか東京病も消えていった。

妻と結婚したのも東京が理由の一つであった。妻は東京に本店のある弘前のF銀行に勤めていた。生地は東京深川である。深川という地名は私には心地良い響きがあった。

その彼女が何故に津軽弘前に居たのか。

昭和二十年三月八日、妻の一家は東京深川を離れた。彼女六歳の時である。その頃東京は米軍の空襲をたびたび受けていた。それに敗戦真近くなった戦時中のことゆえ、配給も遅れて食べるものにも事欠く始末。「田舎に帰ろう。田舎に帰ったらなんとかなる。清ちゃんの誕生日までには東京を離れよう」

妻の誕生日は三月十日である。

こうして彼女の誕生日がひとつの踏ん切りとなって、一家は上野を発った。父、母、祖母、それに妹の五人であった。身動き出来ぬほどの満員の列車に二十四時間揺られ、親戚を頼って弘前へと疎開して来たのである。とうきび入りの握り飯数個をもって。

その翌日の三月十日、東京は未曾有の大空襲に見舞われた。この日は陸軍記念日に当たる。東京は火の海となり、わずか二時間あまりで約八万人の人が焼死、十一万人が負傷した。「東京大空襲」である。

東京は正に阿鼻叫喚のちまたと化した。特にひどかったのは下町方面。深川は完全な焼野原となってしまったのは言うまでもない。

「清ちゃんのおかげで命拾いしたよ」

後年、よく父母に聞かされたのがこのことであったという。

その清ちゃんと知りあったのは弘前の教会であった。妻はクリスチャンであり、私はミッションスクールの一教師であったのである。

さて、私の東京病には後遺症がある。娘を何が何でも東京に出したかった。私立の大学に通わせて、金も使った。娘は東京の会社に就職し、同僚と結婚して東京の人となった。もちろん父たる私は喜んでいた。が、そのむすめ婿が転勤となり、一家は大阪にと移り住み今もって関西住まいである。夫となる人が大阪の人であるのに気がつかなかったわけでもあるまいに。

息子も昨年の四月から東京の企業に就職し、八重洲暮らし。

この場合は父たる私の特に望んだところではないが、結果については内心また、大いに喜んでいる。

息子の就職が決まって、早速に親の方から上司にご挨拶をと思うのだが、息子からは、今どきそういう人は誰もいない、来るな、という。まあ、それもいいだろう。東京で楽しくやっているのなら。

息子が東京に出る前のこの数年、私は東京探訪と称して時々遊びに行ったりしていた。行き先は隅田川界隈が多い。

隅田川は随分きれいになったという。小魚もよく上って来ているという。時期になると大型のボラの群れもよく見られるという。ここでののんびり釣りをするのも楽しいだろうな、などと思ったりしている。

ところがまだ、深川には足を踏み入れたことがない。隅田川沿いであるというのに。

深川と言えば木場。妻は幼い時木場に下駄を落とし、泣いて帰ったことがあるという。そして母に「清ちゃん、よく拾わなかったわね、よかった、よかった」と泣いて喜ばれたという。その深川に行く時には妻と連れ立って、ということになるのであろうか。なぜかそこは東京探訪の最後にとっておきたい、そんな気持ちなのである。一人そう思っている。

一方でまた、こうも思っている。当方、完全リタイアの身分。わが父母はとうに亡くなり、実家は弟が継いでいる。娘や息子も家を出た。束縛されるものは何もない。

だから、十代二十代に夢見たことを、七十代になって実現させるのも一つの手ではなかろうかと、古稀を前にして一人、そうほくそ笑んでいる。

二〇〇四年（平成十六年）に入って、世は自衛隊イラク派遣などと、何かキナ臭く、また騒然としてきている。これも六〇安保と関係ないことではなかろう。にもかかわらず私は東京暮らしなどを夢想し、隅田川での釣りなどを考えている。

若い時の世事への日和見と、年老いての世事への鈍感さと、この二つが今、澱のように心の底に沈んでいる。

（「街」H16・3）

回 桜んぼの実る頃

六十年ほど前のことになる。私の幼い頃、弘前の生家の裏庭に早生の桜んぼの木が一本あった。

六月、青田に蝶が低く飛び交う頃、桜んぼは赤くたわわに実をつける。そしてそれを目あてに、近所の子どもたちが集まってくる。K君、I子さん、T君、S君、E君……。

K君は呉服屋の息子である。色浅黒く腕白である。その彼と外で諍かいを起こしたことがある。まずいと思った私は急いで逃げ帰り、何食わぬ顔して家に入った。

わが家は建具屋である。ガラスの引戸を開けるとすぐ店となる。私を追いかけてきた彼は、通りの馬糞をわしずかみにしたかと思うと、店先にドンと投げ込んでいった。私もさることながら、仕事中の父の驚いたことは言うまでもない。

K君にはだいぶ年の離れた兄がいた。その兄が肺結核で亡くなって間もなく、家は競売に付された。しかし買い手はつかず、住む人もいなくなった。

ある夕暮れ時、障子や畳も取り払われ、ガランとした彼の家にこっそり入ってみた。そして西日の射す奥の部屋の壁に私は相合い傘の印にじゅんちゃんIちゃんと書かれた落書きを見つけた。切ない思いが急に胸をゆすった。

Iちゃんとはk君の妹である。色白のスラリとしたきれいな子だった。皆んなで「花いちもんめ」などで遊んだ。

「どの子が欲しい」「Iちゃんが欲しい」などと照れながら、またふざけながら、家の前の通りで遊んだ。

そんな思い出につながるのもあの緑の香りも濃くなる桜んぼの実る頃であった。遊び疲れると我が家の裏庭に集まり、口を赤紫にしてその実を食べた。

木の下の仲間の一人であったT君の家は提燈屋さん。親御さんは夫婦仲よく店先で、火袋の骨や糸に和紙を張りつけていた。

T君は小学一年の時に亡くなっている。近くの沼に鮒釣りに行き、小舟から落ちて死んだ。舟には水の入ったバケツだけが残されていた。

葬儀も終って桶屋の大きな丸太の上で遊んでいた私たちを、T君の母が手招きした。そこで私たちはバナナを一本ずつ貰った。初めて食べたバナナの味は今もって私の味覚の頂点を極めている。昭和十八年のことであった。

そう言えば桶屋のS君も一度命を落としそうになったことがある。その父は脚を輪にして細い板を押え、それにトントンと槌で真竹のタガをはめては漬物樽や手桶などを作っていた。

私たちはある冬、電線に手が届くほど高い雪山を作って遊んでいた。と、S君はその頂上に立ちあがり、何かのはずみで電線を両手で掴んでしまった。その途端、彼は顔を真っ青にし、ぶるぶると震え出した。感電したのである。

急を告げられたS君の父は、持っていた小刀で脱げ落ちた彼の長靴を切り裂き、それでS君の腕を包み込んだようだった。ゴムは電気を通しにくい絶縁性をもっている。こうしてS君は助かったのである。

桜んぼの下に集まった仲間のE君の場合はどうか。E君は板金屋の息子で、私に泳ぎを教えてくれた人である。気の小さい私は、川では膝より深いところへ行こうとしなかった。気乗りしない私を岩木川に連れてゆき、恐怖心を与えないように冗談を交えながら上手に教えてくれた。二つほど年上であった。

そのE君は中学を終えると家業の手伝いをするようになり、ある雨の日に屋根から落ちて亡くなった。トタンの板に足を滑らしたのである。

結局、幼な友達のT君、E君は今はいない。K君はその後東京に出て、腕のいい菓子職人になったと聞く。妹I子は親を嘆かせるような人と結婚し神戸に、S君は桶屋の後を継ぎ地元に、そして私は学校の先生となって家を出、今は札幌に居を構えている。

桜んぼの実る頃は短い。初夏の光に宝石《ルビー》のように輝く刹那の世界。桜んぼの木の下に集い合った仲間たちは散り散りになり、やがて木は年老いて伐られてしまった。それもとうの昔のことではあるが。

時々木の下を走りまわっていたイタチも今はいない。空を染めていたトンボも、田んぼでうるさいほどに鳴いていたヨシキリも、いつの間にか姿を消してしまっている。あの岩木の流れも光を失った。

　職人の町はサラリーマンの町と化し、道路は車だけのものとなり、子どもたちの歓声も聞こえなくなって久しい。

　毎年六月になると、私にはあの頃のなんとも言えない甘美な、それでいて切なくもいとしい一時期が自然と思い出されてくる。それも夕暮れ時の空のように、感傷的に迫ってくるのである。


（「さっぽろ市民文芸」H17・10）

◫　関ヶ原と津軽藩

　慶長五年（一六〇〇）、世に言う関ヶ原の戦いがあった。諸大名は徳川家康の東軍、石田三成の西軍、いずれかに属さなければならない羽目になった。津軽為信は長男信建《のぶたけ》[注1]を西軍に付け、自らは三男信枚《のぶひら》とともに東軍に属した。東西いずれが敗れても、他方は生き残り家名を伝えることができる。戦国の世を生き抜くための知恵であった。

　戦時、為信は京都におり、信枚は西軍の大垣城攻略に参戦し、信建は大阪城を守っていた。結果は東軍の勝利。佐和山落城を知った信建は三成の遺児を助け、若狭から脱出させた。兄妹の二人は日本海を津軽へと逃れ、母方の姓杉山を名のる。兄を源吾[注2]、妹を辰子と言った。才色兼備の辰子は、長じて津軽二代藩主信枚の妻となる。慶長十五年（一六一〇）のことであった。ところが翌十六年（一六一一）、信枚は徳川家康の養女満天姫《まてひめ》を正室として迎えることになる。幕府の意向でもある。抗うことはできない。

信枚は上野の国大館（群馬県尾島町）に辰子を隠した。そこは関ヶ原の功により、家康より恩賞として与えられた地である。飛び地ながら二千石の加増、ために津軽藩は四万七千石となっていた。信枚は江戸と弘前を往復する時には必ずここ大館に逗留したという。

元和五年（一六一九）、辰子はそこで男の子信義を生む。

信義が五歳になった時、辰子は三十二歳の若さで亡くなった。病死である。十二年の大館暮らしで、心労が重なったのであろう。信義はその後江戸に引きとられ、藩邸で暮らすことになる。

さて、一方の満天姫であるが、彼女は家康の異父弟松平康元の娘である。したがって家康の姪にあたる。家康・康元二人の母の名は於大《おだい》と言った。

満天姫は初め家康の養女として、慶長四年（一五九九）安芸（広島）五十万石福島正則の養嗣子正之に嫁した。豊臣秀吉死して一年、秀吉の遺命に逆らっての家康方の政略結婚である。正則には実子がなく、姉の子正之を養子にしていた。

ところが正則にその年嫡子忠勝が生まれた。正則は忠勝九歳の折、正之[注3]を殺す。そして満天姫を忠勝の妻とした。忠勝九歳・満天姫十九歳であった。この時、彼女には正之との間に男の子が一人いた。

その間、江戸幕府は見て見ぬふり。しかし、肥後（熊本）五十二万石の加藤清正が慶長十六年（一六一一）に亡くなって後、幕府は豊臣の縁につながる福島家に遠慮する必要もなくなり、間もなく満天姫を離縁させる。満天姫は男の子を連れて家康のもとに帰る。時に彼女二十二歳。後、津軽家に再嫁したことは前述した。安芸福島家は許可なく石垣の修復をしたという理由でもって、ほどなく改易となる。

満天姫と信枚は仲むつまじかった。しかし、二人の間に子はできなかった。そこで信枚と辰子の間に生まれた信義を江戸から迎えることになる。運命のいたずらというか、関ヶ原東軍の将家康の養女満天姫が、西軍の将三成の孫を養育することになったのである。信義六歳の時であった。寛永四年（一六二七）、信義は満天姫の養子となり、後に津軽三代藩主となる。

ところで、満天姫と福島正之との間に生まれた男の子は津軽藩家老大道寺家の婿養子となり、大道寺直秀と名のった。

長じて直秀は、安芸福島家五十万石の再興を意識しはじめる。家康の孫という自負心もある。満天姫や囲りの者が自重を求めるが、頑として聞き入れない。再興のために江戸に発つというのである。このことは津軽藩の存続にも暗い影を落とす。

その出立の朝、直秀は本丸御殿で胸かきむしって死んだ。寛永十三年（一六三六）、三代将軍家光の時代のことである。別れの盃には毒が入っていた。一説に満天姫の命で侍女が入れたのだともいう。とすれば満天姫は自分の腹を痛めた実子を殺すことによって、婚家の津軽家を守ったことになる。徳川の女が石田の血を守ったことにもなる。

以来、津軽藩[注4]は十二代二七八年の間、一度の国替えもなく明治まで続いた。

津軽藩には関ヶ原にまつわる二品が伝えられてきたという。一つは石田兄妹が近江佐和山を去るにあたって持ってきたといわれる豊太閤座像（木像）。これは徳川家をおもんぱかり、白布でおおい稲荷社として祀ってきたものというが、今は為信霊廟（革秀寺）に安置されている。

もうひとつ。有名な八曲二双の重要文化財「関ヶ原合戦図屏風」。二双のうちの一双を満天姫が津軽家に嫁入りするにあたって、家康に懇願し譲り受けたものという。絵図には津軽藩の幟旗も見え、福島正之と思われる人物も描かれている。今、その屏風は大阪歴史博物館所蔵として同館に展示されている。

注1　天正十八年（一五九〇）に為信が沼津において秀吉に拝謁した際、長男平太郎（信建）の元服の儀が行われているが、その時の烏帽子親は石田三成であった。また為信は二男信堅《のぶかた》・三男信枚を徳川秀忠の小姓に差し出すなどして、その深謀遠慮は見事である。なお、二男信堅は関ヶ原の戦いの三年前に病死している。

注2　後に津軽藩侍大将となり、その子孫は家老となる。
注3　病死説もある。
注4　当初は津軽藩と呼ばれていた。寛永四年（一六二七）、本丸南西にあった五層の天守閣が落雷で焼失。翌寛永五年（一六二八）高岡を弘前と改称。以来高岡城は弘前城、津軽藩は弘前藩となる。なお、焼失後天守はなかったが、文化八年（一八一一）に本丸南東にあった三層の辰巳櫓を改装し天守の代用としてきた。今の天守閣がそれである。

（「札幌鏡ヶ丘同窓会だより」H18・6・17）

□　リンゴの袋張り

戦後の昭和二十一年、津軽のリンゴ農家は大いに儲かった。何しろ食糧難の時代である。リンゴは売れに売れた。当時リンゴ御殿があちこちに建っていった。

私の家は弘前のはずれ、職人町にある。父は建具屋であるが、海軍に召集され、まだ帰って来てない。継母は弟二人を連れて実家に帰っている。私はなぜか祖母と二人、家にいた。

農村部とちがい町は食糧難であったが、また住宅難でもあった。都市部が戦災に遭っていたからであるが、それに外地からの引揚者や戦地からの復員もあってなおさらであった。弘前は戦災に遭わなかったが、しかし例外ではない。

我が家は二人だけの生活であったから、二階八畳間二部屋と一階八畳間を二家族に貸していた。台所もトイレも一箇所の家。間借りの人たちは七輪などを外に出して炊事していた。その家族は親戚や知人であったから、祖母は随分と安く部屋を貸していたようだった。

家は貧しかった。食べるものにも事欠くほどだった。軍人としての父の収入はどうなっていたのか、私は知らない。が、いずれにしても、間借り人であれ近所の人であれ、町の人は皆な一様に貧しかった。

この頃、祖母は六畳の居間に角張った粗末な机を置き、いつもリンゴの袋張りをしていた。A５判ほどに裁断された新聞紙を櫛の背でスッスッとこすると、紙は天と右端の糊しろだけを見せてきれいに並ぶ。その糊しろの部分にすばやく刷毛で糊をつけ、紙片を一枚一枚折って袋にしていく。窓を前にして前かがみに座り、一心にリンゴの袋を折りあげていく。その手際のいいこと。

ある程度の枚数ができあがると、次に百枚ごとにそれを束ねる。束ね終えると、今度はその一束を左膝上に載せた小さな木箱に入れる。そして左手で袋の口を一枚一枚上手に開け、右手で先端に糊のついたかねを一本一本口の端に差し込んでいく。これがまた実に手早い。リズミカルなのである。かねは細く短いブリキ片。リンゴに袋を掛ける時の止め金となる。

かくしてリンゴ袋は完成ということになるが、手間隙かけて丹念に折りあげたその袋一束

(百枚)、いったい何銭についていたのだろうか。

袋は防虫用に、農家の人がリンゴ一個一個に掛ける。その袋掛けのための袋張りは、祖母の手頃な内職仕事のひとつであった。

時々、袋に仕あげるその紙の中に、新聞紙とはちがい白い紙の混じることもあった。それに罫線の入っているのもあった。これらは私にとって貴重な紙となる。というのはノート代わりになるからだった。

祖母はそれらを抜き取っておいてくれた。私はそれに少し厚手の表紙をつけ、糸で綴じてノートを作った。

何しろ昭和二十一年。極端な物不足の時代である。教科書・ノート類も簡単に手に入らなかった。消しゴムでさえそうである。私は小学四年生、学用品にも飢えていた。

教科書は当時、上級生から譲り受けて使っていた。私も使い終えると下級生に譲らなければならない。だから、文中に傍線を引いたりメモ書きしたりするのはごはっとである。

そんな時代である。したがってノートも商店にあまりなかった。というより、なかったと言った方が正しい。それだけに自前のノートは友達に自慢でき、優越感に浸れるものであった。

こうして祖母の内職は私の学用品になり、学用品代にもなっていったのである。

父は間もなく帰って来た。丸々と太っていたのが印象的だった。父は最初の頃は軍艦に乗って南方にいたのであるが、敗戦近くになると横須賀で、毎日遺骨を入れる白木の箱を作っていたという。

父が帰って来ると、継母も弟たちも帰って来た。そして祖母の袋張りは、それからほどなくして終った。リンゴの袋は急速に機械折りになっていったからでもある。

祖母は昭和五十九年に九十六歳で亡くなった。いかにも明治の人らしく気骨あり、凛とした感じの人だった。亡くなるまで意識はしっかりし、天命だからと病院にも行かなかった。医者を呼びもしなかった。

父母はその時もう亡くなっていたが、後を継いだ弟夫婦が、世間体もあるから、と言っても、先生さまはいい、と頑として聞き入れなかった。医者に診てもらっていたら百寿を全うしていたであろうに。

私の祖母の思い出は、いつもこのリンゴの袋張りから始まるのである。

それ以前の祖母の思い出を私は持たない。父の出征以前は、中心街土手町の仕出し屋に住み込みで働いていたという。京野屋とかいった。そのことを私は後で知った。

（「さっぽろ市民文芸」H18・10）

回　私の釣行記・美国川

私は長いこと教職を仕事として来た。

現役の頃、一人の時間を持ちたいとよく上の国・天の川にヤマベ釣りに出かけていた。そこは渓相も整い、魚影も濃い。

私にとって、そこで仕事のことを考えずに時を持つことは、ひとつの贅沢でもあった。

そのことが習いとなり、退職後も足腰の運動を兼ねて釣りに行く機会は多い。今は主に積丹・美国川にである。

今年も結構出かけた。

夏、ヤマベは瀬に出る。チャラチャラ流れる瀬を、釣り人はあまり気にかけないようだ。

そこを執拗に攻める。この場合、型は小さいが面白いほどによく釣れる。

秋、ヤマベは深みに入る。そこをまた丹念に釣る。この頃の型はだいぶ大きくなっている。

幅広ヤマベは竿に重い。

それに、積丹の谷川の風景は私を魅了してやまない。

苔の匂い、巧まずしての盆石、沢を渡る風の音、切られた視界の雨脚の動き……。

私は無心に空行く雲を追いかけている。竿の糸を思いっきり振っている。

ある時には雨に煙る山の向こうに朝の遠雷を聞き、ある時には岩襞になだれる夕暮れの紅葉を見る。

時には枝から枝へと渡るメジロやヒガラの声に耳を傾け、時にはコクワやヤナギタケなどを採っている。

積丹。アイヌ語でシャック・コタン。〝夏の部落〟の意なのだという。上の国の天の川も美しい名だが、積丹の美国川もまたいい。

私はもう古稀を過ぎている。人生のシャックはとうに終わっている。渓流釣りをしていると、体力の衰えも実によくわかるというものだ。

それは九月末のある昼下がりのこと。谷あいの空は狭く、空模様は測れない。雨になるのかなとふと不安がよぎった時、妙に腰の辺りが変である。それも鈍いかすかな痛みを伴って。いつしか瀞の水面には小さな波紋がいくつか広がり、人の動きを察して魚も底石に姿を隠してしまった。群れをなして飛んでいたトンボも消え、すすきの穂もうなだれてしまっている。私は一人、崖縁の大きな朴の木の下に腰を下ろして雨宿り。

こうして次第に激しくなる雨音を頭上の木の葉に聞きながら、私は確実に老いに踏み込んでいる自分をそこに見い出していた——。

腰の調子は次の日になってもおかしい。病気かなと思い近くの医院に行ったが、医者の言は不得要領である。

そこでその翌日、今度はT病院に行った。若い医師はレンドゲンの写真を見ながら、「何でもないようですね」とぶっきら棒である。「それでは何なんでしょうね」「まあ、何と言うか、年相応のと言うか、ホラ、少し骨がすかすかでしょ」

すかすかとはひどいと思った。ほかに言いようがあるのではないかと思った。

しかし、「年相応の」とは最近、医者から時々言われることである。歯にしても、眼にしても、然り。今度は腰である。とうとう足腰に来たのかと思うと、悲しくも嘆かわしい。

それにしても今年は随分と釣った。

六月の解禁日にも釣行に及んだ。その日は銀毛ヤマベも釣った。

八月にはアメマスやイワナもビクに混じった。こちらは数は少ないが、型は大きい。

十月の木の葉ヤマベは実に貪欲であった。躍り上がって荒食いするのも、多い。

十一月にも入渓した。釣り荒れていない川は、霜月にも釣れるのである。釣果はぐっと少なくはなるが。

竿納めは十一月の末頃であったろうか。

その日はもう、積丹岳は峻厳な白一色の世界に山容を変えていた。地上には霜が降り、水溜まりには薄氷が張っていた。雲の流れは早く、渡る風も冷たい。

さて、この川釣りを私は後、何年できるのだろう。体力が衰えれば気力も萎えてくる。その後も腰痛はあった。今までのようながむしゃらな釣りはできまい。荒瀬で転倒することもしばしば、無理は禁物である。

そうだ、これからはあまり欲張らずに恬淡と生きて行こう。

釣りもその数や型にこだわることなく、釣ること自体の風情を愛して行こう。世事のことはあまり語らずに、ヒトは自然の一部なのだという心を持つて、少しでも自然と一如となる心境を求めて行こう。清涼感あふれる流れに身を任せ、脱俗の気分にときおり浸って行くのもいいことだ。

星は一年に天を一周し、霜は年ごとに降るという。己れもまた天に命を委ねて己が分を静かに守り、謙虚にそして慎ましく素朴に暮らして行きたい。

最近、とみに私はそう思うようになった。年のなせる技かも知れない。

（「さっぽろ市民文芸」H19・10）

回　野幌森林公園の自然観察会に参加して

爽やかな秋晴れのもと、集う者約八十人。班編成として十班ほどにもなろうか。その第三班に加わって、午前十時半、いざ出発。

「開拓の村」から小暗い沢へと細い道を下り、そしてゆるやかな登り道を上って「百年記念塔」へ。

辺りを見渡すと、草木は風と日の光を受け、正に白秋。年古りた樹が葉裏をひるがえし、秋の風に鳴っている。

そこの疎林を抜け、アワダチソウで黄ばんだ丘の小道をたどれば、「自然ふれあい交流館」に。昼食。

午後は原始林の続く平坦な道を歩く。視界が明るくなると、端正な「瑞穂の池」が見えてくる。そこからまた涼しげな道を通って行くと、いつしか「開拓の村」へと戻っている。

到着は午後の二時半。一周六．五キロ、四時間ほどの行程となる。コースは変化に富み、歩いているうちに、雑草・雑木の名前や特徴も分かって来、不思議と興は尽きない。

先導は熊野美子先生。しんがりも観察指導員

講師の説明で私がメモした草木の種類は八十種ほど。記入もれもあるとして、約百種ほど学習したことになろう。それも単に名前だけでなく、その和名の由来、特徴、性質、類似種、用途……いろいろと多岐にわたる。

チドメ草、クッツキ虫、イヌタデ、ネコジャラシ。顔にくっつける、胸に飾る、赤マンマにしたり、猫をじゃらしたり、よく子どもの頃遊んだっけ。

特に印象に残ったのは、オペラグラスのヤブハギ、キセルのガンクビに似たヤブタバコ、胃に似たトリカブト、清楚可憐なアケボノシュスラン、軍陣の采配に見立てたサイハイラン、

いかにもアイヌ語らしいサビタ。それぞれユニークな特徴をもち、忘れられない。

こんなこともあった。誰かが「あの木何の木?」、誰かが「ホオの木」、すかさず皆が「ホオー」、愉快だった。

北大のポプラも倒れたあの十六号台風では、野幌自然林も倒木が多かったという。その復元のことでも話題に。自然のままに任せ回復を待つ、いや植林して早く復活させるべきだなどなど。

帰化植物も自然の一環、それもよしではないか、いや刈りとって固有の自然形態を残すべきなどなど。

思うに今のわが国にとってもっとも大切な問題は食糧、エネルギー、環境。

環境問題で言えば、大きく捉えて地球環境。身近なことでは、野幌森林公園の自然環境をどう後世に伝えていくかであろう。そんなことを考え、自然に関心をもち、自然に学ぶことは大いに結構なことだ。

天高き快晴のもと、森林浴とウォーキングを兼ねての自然観察会、実に楽しかった。

企画してくれた主催者側、講師の先生方に感謝、感謝である。ありがとうございました。

（「エゾマツ」H20・秋季号）

◻『杜甫・李白・白楽天―その詩と生涯―』を刊行して

あれはいつのことだったろう。タウン誌『街』を主宰していた函館の木下順一氏から、「固いものでも柔らかいものでも何でもいいから、書いてくれないか」とお誘いを受けたのは。高校時代から漢詩に興味をもっていたし、当時予備校で漢文を教えていたので、「杜甫―その詩と生涯―」を書くことにした。

以来、花も緑もなかった。そして半年ぐらいで書きあげ、氏の思惑も何のその、原稿を提出した。

載る載らないは別。とにかく書きたいものを書いた。内容的には固すぎる、長すぎる。タウン誌にはなじまないものであることも十分承知の上で投稿した。

それが、氏からは意外にもこういう返事だった。

「おもしろい。いい原稿だ。しかし、タウン誌『街』には向かない。私の別にやっている同人誌『外套』に載せたいが、それでよろしいか」と。

うれしかった。とにもかくにも苦労した原稿が生かされる。活字にしてもらえるにこしたことはない。こうして文芸誌『外套』の第八号に掲載されたのは、平成十二年十月のことだった。

その年十月にまた頼まれた。「次号にも何か書いてくれ」と。『外套』は当時、年一回発行されていた。

今度は「李白」について書いた。氏の鑑識眼はきびしい。彼のおめがねにかなって、これも何とか同誌に載せてもらうことができた。

続いて平成十四年の第十号に「白楽天」が載った。これで八、九、十号と連載されたことになる。

私はあと陶淵明と李煜《りいく》についても書きたかった。この二人を含めた五人の漢詩人に興味をひかれていたし、また、好きな詩人たちでもあったから。

ところが木下氏は平成十五年に体調を崩し、同十七年十月に亡くなられた。ために『外套』は休・廃刊を余儀なくされ、したがって陶淵明も李煜も沙汰止みとなった。

結果的に私は杜甫・李白・白楽天三詩人についてだけ書いたのであるが、四百字詰原稿用紙で二五〇枚ほどであった。

読み返してみて、加筆したい部分もある、訂正したい箇所もある。写真や地図・参考文献名も入れ、目次・あとがき等も考えると、一冊にまとめるにはちょうどよい分量となる。そこで自費出版でもいいから刊行したいと思うようになった。

東京に文学専門の鳥影社という出版社があることは知っていた。鳥影というネーミングを私は好きだった。障子に鳥の影が映るといいことがある、これは石川啄木の小説「鳥影」に書かれていたはずである。南部地方に言い伝えられている俗信である。

　そこで鳥影社に電話で相談したところ、社長曰く、「実はたまたま明後日、K編集次長が札幌に行くことになっている。会ってくれないか」ということだった。話はとんとん拍子に進んだ。編集次長と会って、表紙のデザイン、全体のレイアウト、校正、紙質等は私の方に任せてもらった。

　後で知ったことであるが、社では木下氏の小説をも手がけたことがあるという。そんな縁もあってか、いろいろと便宜も図ってくれた。

　こうして昨年十二月十日に、『杜甫・李白・白楽天―その詩と生涯―』は日の目をみることになった。私としては五冊目の自著となる。

　その十二月には思いがけないことが重なった。

　私の友人の友人中本雪人氏（札幌在住）が『遠い時への旅』（十二月二十七日発行、丸善出版サービスセンター）を、また知人の阿井渉介氏（静岡在住）が『捏像・はいてなかった赤い靴』（十二月三十一日発行、徳間書房）を発刊。

　同じ頃、函館の山形道文氏から『われ判事の職にあり』（第五刷、文芸春秋社）のご恵贈を受けた。第一刷（昭五七刊）は読んでいたが、これで二度泣かされた。

　今、全国の主な書店に拙書が並んでいるという。東京渋谷のジュンク堂、新宿の紀伊国屋はもちろんのこと、九州・四国の書店にも置かれているという。札幌の紀伊国屋書店ではこの七月、三回目の平積みとなった。

過日は所用あって仙台に行ったが、駅前のジュンク堂を覗いてみたら、あった。何かくすぐったい感じである。出版元の売れ筋商品になっているんだそうで、面映ゆい。漢詩文については世の人も関心が薄いと思っていたのに……。

仙台の町は随分と変わっていた。大都会である。新幹線駅が東北各地から人を集めている感がする。

函館にも間もなく新幹線がやってくる。あと二、三年もすれば箱館奉行所の復元工事も終わる。高速道路も走るという。これからは北東北・南北海道の中心都市として、栄えていくことになるのであろう。

いずれにしても今はただ、こういう機縁を与えて下さった木下氏に感謝申しあげるばかりである。そしてまた、長年お世話になったタウン誌『街』と函館の発展を心底、願っている。

（「街」H20・10）

回　日本統治時代の証言（話し手　朴氏）

拙書『杜甫・李白・白楽天—その詩と生涯—』が韓国ソウル市の「教保文庫」で販売されていたという記事をネットで見、驚いた。

その際、投稿者が一韓国人にインタビューを試みた一抹が載っていて興味を覚えたので、ここに紹介しておきたいと思う。

インタビュー二〇〇八年一〇月二三日二二時三一分
聞き手（投稿者）解法者
話し手　　　朴氏

今度も街で会った人にお願いして話を聞くことにした。ソウル市の韓国一という書店「教保文庫」（光化門近くの世宗大路に面している）の日本書籍コーナーで「文藝春秋」を立ち読みしていた方に声をかけ、書店内の喫茶店で一時間ほどお話をうかがった。ポケットから『杜甫・李白・白楽天―その詩と生涯―』福地順一　鳥影社を出して見せてくれた。相当の知識人だとお見受けした。もちろん日本語には淀みがない。

一、あなたは何歳ですか。
昭和二年〔一九二六年〕生まれです。八一歳（韓国では八二歳）である。
二、あなたは日本の学校に通いましたか。
普通学校（小学校―四年制）を卒業し、その後、私立中学校に入りました。
三、場所はどこでしたか。

慶尚北道の道庁「大邱」の近くの「亀尾《クミ》」（朴大統領の出身地）です。

四、私立中学校とは珍しいですね。どうして私立中学校だったのですか。

父が民族主義的な考えを持っていたからかも知れません。ただ、中学校の教育も日本語で行われました。私も反日学生であったわけではありません。

五、日本時代の教育で悪かったことは何ですか。

特にありません。

六、日本時代の教育で良かったことは何ですか。

正直、勤勉とか道徳教育を一所懸命に教えてくれたことです。

七、その教育で、朝鮮人が差別されたことはありますか。

私立学校で朝鮮人の先生がほとんどで日本人先生もおりましたが、そういうことは全くありませんでした。

八、日本時代の教育と今の韓国の教育と比べてどうですか。

今の韓国の教育は左派が支配し、道徳教育を軽視していることです。一番悪いのは漢字を教えないことです。そのため、日本人は何とか中国人とも筆談で話ができるのに対し韓国人は全くできません。それと韓国の古典を全く読めず、歴史を学ぶことが不可能になっていることです。

朴さんはここでカバンの中から自分で作成した李王朝の歴代王の在位期間、その時代の事件、有名人の一覧表を見せてくれた。私もその一部を知っているので、それを指摘するととても喜んでおられた。韓国人も知らないのにどうして知ってますか。まさか日本人にこういうことを知っているのが不思議で仕方がないと言われた。

九、（従軍）慰安婦についてどう思いますか。

軍と性の問題はどこにもあり、大東亜戦争時代にもアメリカ、イギリスでもあったと聞いている。それとそれを生業にしている人もいたのは事実でそれをいまさらとがめるのもどうかと思う。

（ここからは雑談となり、朴さんが話し始めた。）

十、日本の演歌はいいですね。特に歌詞が素晴らしい。韓国のそれはたいしたことはない。日本人は詩的です、そこが大きく違う。例えば昔の歌だが『誰か故郷を想わざる』（作詞：西條八十、作曲：古賀政男、歌：霧島昇）などは最高だ。最近でも同じだ。

十一、日本の戦後の復興について驚く者がいるが、驚くことに値しない。私はすぐに復興すると思っていた。それは教育という基盤があり、日本人が高い文明性を有していたからだ。欧米諸国を遥かに凌駕している。これは私が日本時代の教育の体験者であるからよくわかる。

十二、私は今でも日本語で考えるが、幼いときの教育がいかに後のことを支配するかということの証拠である。しかし、日本語で教育を受けたことは後悔していないし、非難もしない。

〈日本時代の教育を受けた方は七十代後半であり、保守的な考えを持つ人が大半であること。こちらに遠慮しないで話してくださいと常に言っているが、遠慮があるかも知れない。この点を考慮に入れて読んでいただきたい〉

（YAHOOネット　H20・10・23）

□　第五回『文芸思潮』現代詩賞を受賞して

ちょうど十年ほど前になるが、私は「母ァ《カッチャ》」という方言詩（津軽弁）を書いた。その頃、『文芸思潮』で第五回の現代詩賞を募集していたので応募することにした。規定では三編以内ということであったので、他の二編を添えてである。

それが思いがけなくも現代詩賞に当選してしまったのである。三編いずれも最優秀賞に値するということだった。

拙詩は『文芸思潮』の三十二号（二〇一〇新年号）に掲載された。それを読んだ「Atsukoさん」（イギリスロンドン郊外在住三十年、大阪出身、七十代）がネット上（YAHOO）に私の詩三編中の一詩「母ァ」を読んでの所感を寄せていた。ここではそれを紹介したいと思う。

『イギリス南西部デポンでの暮らしで見たこと聞いたこと感じたことを、思いつくままにお知らせします。

二〇一〇年一月十四日木曜日

おととい日本から船便で文芸思潮という雑誌が届きました。去年春にこの現代詩賞に応募したので、入選作の掲載された雑誌を応募者に日本から送ってくれたんです。そこに十作ほどの作品が載っていました。最優秀賞は二作です。そのうちのひとつは若い女性の作品で、長くてわかりにくいといえばわかりにくい。でも妙に心惹かれるというか、なるほど何かがあるなあという作品でした。

もうひとつは福地順一さんという七十三歳の男性です。これは津軽弁で書かれていて、はじめだけちょっと読みにくいんですが、長すぎずわかりやすい内容で、泣けました。

母ア《カッチャ》

—七十三の齢、母を偲ぶ—

母ア　俺《ワ》七十三ネなたネ
元気良《マミシ》ぐしてるよ

母ア　俺《ワ》母アの事、何《ナ》も覚《オベ》でねエンだネ
顔コも声コも覚でねエンだ
写真コも見だ事《ゴド》ねエンだ

母ア　母ア、俺二つの時《ヅキ》
俺ど離さえだンだってのオ
急性の流行性脳膜炎で
伊東病院の隔離《カグリ》病棟サ入《へ》らえだンだってのオ
その時《ズキ》母ア泣ぎ叫《サガ》ンだベアなア
出して呉《ケ》へってよオ
其処《ソゴ》ア如何《ド》したンだ部屋だべなア
鉄格子嵌《ハマ》てだンだがア

母ア　母ア、俺三つの時

其処で亡ぐなったンだってのオ
誰《ダ》ネも看取《ミド》らえなくてのオ
その時母ア俺の名前コ呼ンだべアなア
一人《フトリ》息子の俺の名前ばよオ

母ア　母アの声、そえでも俺の耳サ残《ノゴ》てねエンだネ
何も覚《オベ》でねエンだ
情《ナサゲ》ねエ息子だと思《モ》てるンでねべがなア
そえでも俺、母アの亡ぐなった時の事
何時《エッツ》も気ネ掛げでるンだネ
この七十過ぎだ今《エマ》でも気ネ掛げでるンだネ
あの一年《エツネン》、何ンぼ切《ヘヅ》ねがったべアなアど思てるンだネ

母ア　俺七十三ネなた
元気良ぐしてるよ

これが泣けるなあと思うのは自分が母親だからかなあ。小さい一人息子を残して死ぬお母

さんの無念さが胸にひしひしせまってきます。

方言で書かれてるところがまた七十年前の情感が出てるし、土着した感じが母と子供の絆をしみじみ感じさせます。それに何よりも、自分はもう七十を過ぎたけど気に掛けてるというところが良いですね。これが五十くらいじゃだめで、七十三歳というところが良い。何も覚えてないというところが、センチメンタルになりすぎるのをとどめている一方、お母さんのことを何も覚えていないというのは寂しいものだろうなあと想像させます。泣ける詩なのに、最後の「元気良くしてるよ」というのが、ごく普通の親子の会話という風で、全体としてさらっとした印象が残るところが特に良い。

幼くしてお母さんを失って、寂しい幼少時代を送ったものの、今ではそれも大昔で七十年近く月日が経ち、おそらくそれ相応に苦労しながらも元気で成人して、普通に社会人となり家族を作り平凡に生活してきたけれど、それでも自分を残していったお母さんのことを時々思い出す。

と書いてしまえばそれまでなんだけど、それが詩になってるところがすごいなあと思います。

これって津軽弁だから特にいいのかな。大阪弁ではどうかなあと思ってちよっとやってみましたが、ちょっと柄が悪くなる気もするけど、なかなかいけると思います。標準語では味は出ないけど、東京弁（東京の落語家のような語り調）でも良いんじゃないかなあ。

こう考えると方言っていいですね。私は大阪弁が一番良いと思ってるけど、皆さん自分のふるさとの言葉が一番と思ってるんでしょうね。

この人は若いときは詩を書いていたけれど、現代詩の観念的独善的な傾向が嫌になり、興味を失ったそうです。それが去年から急に津軽弁で書きたくなり、物の怪にとりつかれたように七十編ほど書いたとの事。

こういう現代詩、このコンテストで入選して雑誌に載って、私も読むことが出来て本当によかったと思ってます。

八件のコメント‥

▼こんのさんのコメント…
雪降りの日に読む詩いいですねぇ
散文ともちがう余情みたいのが好きなんですよぉ

「母ア」いいですねぇ
鉄格子ができてきますね
仕事柄、その鉄格子を取り除く運動をやりました

仕事を辞めて、もう十年が過ぎ、七十になりました
二〇一〇年一月十四日　二三・四九

▼あくあさんのコメント…
いい詩ですね。純粋にそう思いました。やっぱりお母さんっていうのは永遠ですよ。
お母さんになれたあなたがうらやましい。ほんと。
二〇一〇年一月十五日　一二・五七

▼Atsuko さんのコメント…

こんのさん、「散文と違う余情」。そうですねえ。この鉄格子のところは、ちょっと誇張じゃないか、作者の想像だろうなあと思っていたんですが、本当にあったのかなあ。

二〇一〇年一月一五日　一三・三七

▼Atsukoさんのコメント…

あくあさん、感動を共感してもらえて嬉しいです。

母と子供というのは原始的なつながりでもありますが、大人になってからは人間同士の関係ですから、母親とはいえその絆に甘えてはいけないと心しています。

でもやっぱり子供がいるというのは幸せなことですよね。

二〇一〇年一月一五日　一三・四〇

▼こんのさんのコメント…

「鉄格子」

日本の現実ですよお想像（創造）でも誇張でもないです

二〇一〇年一月一五日　二一・二九

▼Atsukoさんのコメント…
こんのさん、カッコーの巣の上でという映画見たことありますか。精神病院が舞台なんですが、そこで鉄格子が印象に残ってます。あれはアメリカですが、イギリスではさすがにそれはないと思います。

もしもまだ見ていなければどうぞ。私の一番好きな映画のひとつです。
二〇一〇年一月一五日　二二・一二

▼こんのさんのコメント…
「カッコーの巣の上で」
観ましたあれはよかったですねえ
よくもまぁ佳い映画をつくってくれたと嬉しくなったものでした
二〇一〇年一月一五日　二三・二八

▼Atsukoさんのコメント…
こんのさん、ご覧になっていましたか。良い映画ですよね。重く暗いテーマなのに、

最後はなぜかすがずがしい印象が残ったの覚えてます。
あれ思えばすごく古い映画ですよね。良い映画って本当に何年も印象に残りますよね。
また見たくなってきた。
二〇一〇年一月一六日　一四・三四
（YAHOOネット　H22・1・14）

◎　第十四回日本自費出版文化賞「詩歌部門賞」を受賞して

胸の叫びを書き終えて

ある日私は急に「津軽弁」で詩を書きたくなり、何も手につかなくなった。二、三ヶ月して百篇ほどを書き終えた頃、自然と気持ちが落ち着いてきた。

その中から三篇を第五回の「文芸思潮」に投稿したところ、思いがけずも「現代詩賞」受賞（応募者千三百七名）ということになった。嬉しかった。

そこで今度は百篇ほどの詩篇から三十篇ほどを削り、思い切って一冊の本にまとめてみたいと思うようになった。それが『方言詩集　津軽・抄』である。そしてその結果が日本自費出版文化賞「詩歌部門賞」(百六点の応募)受賞につながった。驚きの連続であった。と同時に、感謝、感謝である。

今この詩集を読み返してみて、Ⅵの「歌謡」を除いたⅠ～Ⅴはほとんど自分の経験をもとにしていたので、ある意味では自分史にもなっているという思いを強くした。

自分でいうのも変であるが、「母ア《カッチャ》」などは書いている途中で何度も泣いた。いや書き終えたあとも、活字になってからも泣いた。

個人情報などの厳しい昨今でもあるので、その辺にも配慮した。したがって書かれていることが全て事実であるとは限らない。しかし、私にとっては全て真実である。

もうこれ以上、私は方言詩は書けないと思う。

郷土の詩人福士幸次郎の詩に、「胸にひそむ火の叫びを雪降らさう」という詩句があるが、これで私の胸の叫びを書き終えた感がするからである。

いずれにしても『津軽・抄』は私の唯一の詩集となった。自分の半生を記録したものとして、この賞とともに大事にしていきたいと思っている。本当にありがとうございました。

(『日本自費出版年鑑二〇一一』H23・10)

回　崩御

だいぶ前のことになるが、ある日あるところである人から次のような話を聞いたことがある。

昭和天皇がお亡くなりになった日の新聞記事は、各新聞社では一年半も前から内密にできているという。その生い立ちであるとか、歴史的瞬間に立ち合った日々のことか、写真構成とか。

しかし、いざ当日となった場合の新聞第一面の見出しをどうするかが、各新聞社で大問題となったというのである。

そのことで「当日」の何カ月か前に全国の名のある新聞社の代表が、これまた秘密裏に東京に集まり、会議をもった。

ある新聞社は「昭和天皇死去」でいいのではないか、ある新聞社は逝去、ある新聞社は崩御、などなど。

明治維新の際に新政府に楯突いた会津の地元福島民報さんは「崩御」でないのではないか。となれば幕府側の士族の流刑の地とも言える、また函館戦争のあった北海道の道新さんも、それから沖縄戦や今も沖縄基地で揺れている沖縄タイムスさんも崩御とならないのではないか。左羽根の強い新聞、右羽根の強い新聞、その中庸をいくような新聞、それぞれいろいろと思惑がからんで、意見百出の有様。結局、当日は「沖縄タイムス」だけが「死去」と報じ、他紙は「崩御」となったというのである。

その崩御の根拠はどうも「皇室典範」に求めたらしい。「ある人」によると、「皇室典範に、現天皇死去の際は崩御とする、とある。」というのである。

そこで六法全書で捜してみた。が、そういう条目は皇室典範には見当たらない。ただ第四条と第二十五条に「天皇が崩じたときは……」という表現があるが、あるいはこのことを指すのではなかろうか。

戦前においては天皇は現人神で、玉音、竜顔、行幸などという、天皇にしか用いられない絶対敬語とも言える用語があった。

戦後、現人神は人間天皇となり、国民の前に姿を現わすようになった。したがって天皇の動静を報道するにあたって、新聞協会等では用語を新しく統一する必要に迫られた。こうして一般的には天皇の玉音はお声に、竜顔はお顔に、行幸はおでまし、おでかけとなったが、天皇死去の際の用語についてまでは恐れ多くて申し合わせていなかったのであろう。そしていざその時が近づくにつれて、やむにやまれず各代表にご参集願ったということになる。

その結果は前述の通り。各紙にその判断を委ねたわけである。

それにしても、戊辰戦争や函館戦争などという百三十年ほども前のことが亡霊のように出てきて新聞の見出しまでをも云々することになろうとは、亡き昭和天皇も予想だにしなかったことであろう。

ここにこの一文を草することは「ある人」に叱られそうであるが、しかし平らかに成るの年も二旬を重ねているわけであるからお許し願えるのではなかろうか。

（未発表　H24・5記）

◎　第二十一回自費出版文化賞「大賞」を受賞して（著者インタビュー）

『石川啄木と北海道―その人生・文学・時代―』

北海道在住：福地順一さん

聞き手：鳥影社代表取締役百瀬精一さん

始まりは大学の卒業論文

「啄木晩年の思想的変遷について」

――福地さんは大学の卒論のテーマを石川啄木（一八八六～一九一二）としたそうですが、それはどういう理由からですか。

福地　私が大学生の頃、弘前の町（青森県）に「啄木会」があって、啄木忌になると啄木祭を開いていました。私は学生自治会の仲間とその会のチケットを市民や学生に売り歩いていました。会の幹事に蘭繁之、平井信作、津川武一《たけいち》、轟泰諄、木村公麿、大橋耕造各氏がいましたが、思想的には社会、共産党系の人が多かったようですね、

蘭氏は版画家で「緑の笛豆本」を精力的に刊行していましたし、平井氏は「津軽艶笑《えんしょう》譚《たん》」ものを連作し直木賞候補となっていました。津川氏は後に共産党出の代議士に、轟氏は当時県会議員、木村、大橋両氏は市議会員として活躍していました。それに私の母方の祖父も政治に関係していましたので、啄木に何となく親近感というか、興味・関心をもつようになっていたわけです。その頃私は体調がよくなく入院したり、それに学生自治会の委員長(一九六〇年安保の直前)をしたりしておりましたので、卒論にかける時間的余裕もあまりなかったから、短命に終わった文学者に的を絞ったわけです。二十六歳で夭逝《ようせつ》した人であれば全作品を読めるであろうし、卒論も書きやすいと思ったからで、まったく不純な動機から啄木を選んだわけです。

当時、歌人や詩人としての啄木はだいぶ調べられていましたが、幸徳秋水《こうとくしゅうすい》事件を契機に急速に左傾化していった啄木の思想的な面に関しては未だしの感がありました。そこで「啄木晩年の思想的変遷について」ということで調べてみることにしたのです。それに啄木資料の宝庫が故郷に近い函館(北海道)にあるということも魅力でした。

こうして卒論は二五〇枚ほどになり指導教官からAの評価もいただき、何とか格好がつき

ましたが、あれやこれやで就職のほうはうまくいきませんでした。

高校の国語教師のかたわら 啄木研究者と認められ

――卒論完成以降も啄木研究は継続なさってこられたわけですね。

福地　いいえ。実はまったくお恥ずかしい話なんですが、卒論は卒業のための卒論でしたので、大学を卒業した途端に中断というかやめておりました。

ところが、十年ほどして思いがけなくも函館中部高校に赴任することになり、これもまた何かの縁かなと思い、啄木研究を再開したわけです。函館といえば啄木資料が完璧に揃っている市立の図書館がありますからね。

――その頃ですか、文部省から「人文科学研究奨励助成金」をいただいたのは。

福地　そうです。一九七五年（昭和五十）のことでした。運がよかったんですね。函館にいて、函館の高校の国語教師をしていて、啄木を卒論にしている。そんなこともあって認められたんじゃないでしょうか。文部省から研究助成金をいただいたことにより、啄木関係者の戸籍（除籍）謄本も入手できるようになりました。「啄木研究」という理由からです。

ふつう法務省から文学研究の上で戸籍法上の許可を得ることは容易ではないようです。一般には大学関係者の研究は「研究」であるが、高校教師のそれは「趣味」とみなされているようですね。私の場合は「文部省から助成金の交付を受けているから研究とみなしていい」という法務省の見解でした。こうして高校教員ながらも研究者と認められて、関係者の戸籍謄本も入手することができ、研究のための環境も整っていったわけです。

——そのことによって啄木研究も意欲的に進められるようになったんですね。

啄木文学を規定したにもかかわらず盲点が多い北海道時代

福地　そういうことになりますね。啄木のことを調べてみますと、啄木文学を規定している北海道時代のことについては盲点が多く、意外と調べられていなかったのです。

例えば北海道時代の啄木をめぐる重要な人々——弥生尋常小学校長大竹敬蔵、函館日日新聞社長小橋栄太郎、北門新報社長村上祐、小樽日報創業者山県勇三郎——においても、何一つ実証的な論稿が見当たらない。皆無といってよい。

大竹校長の閲歴を調べてみますと、なぜ啄木を採用したのか、なぜ啄木の怠惰な勤務態度に終始寛大だったのかよくわかるというものです（「北方文芸」一九七七年九月号所収「大竹敬造校長と石川啄木」参照）。

また、啄木は函館日日新聞社で初めて新聞記者になりました。それが彼の一生を支配してゆく職業となります。なのに函館日日新聞に啄木を採用した人は斎藤大硯《たいけん》社長というのが定説でした。宮崎郁雨《いくう》氏の『函館の砂』、阿部たつを氏の『啄木と函館』、岩城之徳《ゆきのり》氏の『石川啄木伝』などもそうです。実はそれは間違いなのです。

事実は小橋栄太郎が啄木を採用し、啄木に職を与えた人なのです。しかし、啄木論との関係で小橋の閲歴を調べた人もまたいない。北門新報社長村上祐、小樽日報創業者山県勇三郎についても然り。この人たちは啄木をその職場に採用し、啄木一家の生活を支え、啄木の人生に指針を与えた当事者たちです。啄木の人生を大きく転換させていくこれらの人々についてもっと注意が払われて然るべきではないでしょうか。

この頃の啄木をめぐる人々についてはまだまだ調べられていない人々がけっこういました。函館の並木翡翠《ひすい》、札幌の向井夷希微《いきび》、小樽の沢田天峰《てんぽう》、奥村寒雨、鈴木志郎、釧路の小菅まさえ、遠藤隆などなど……。

視点を変えてみましょう。

まだまだある

啄木に関係する一級資料

啄木の小樽時代の文献的資料として「小樽のかたみ」という大変重要な資料（スクラップブック）があります。この冊子は啄木自身が「小樽日報」に掲載した全記事（九四篇）を切り抜き、保存していたものです。その小樽日報に掲載した新聞記事の大部分はそれまで一般の目に触れることもなく、函館市中央図書館に秘蔵されていました。筑摩書房の『啄木全集』全八巻（一九六七～六八年）には二三篇しか入集されておりませんでした。

私はその非をあちこちの新聞、雑誌などに投稿して訴えてきましたが、その結果、最終的には筑摩書房刊「石川啄木全集」全八巻（一九七八～八十年）にその全文（九四篇）が入集されるようになったわけです。全文掲載は啄木全集としては初めてのことでした。これで記者啄木の小樽時代の全貌が見えてくるわけです。

「釧路新聞」については、啄木は「釧路のかたみ」なるスクラップブックは作成しておりません。したがって啄木の釧路新聞掲載記事の確認はむずかしいのです。

私は啄木の釧路新聞に掲載された記事は百十篇あると見ています。しかし、完本とされている『石川啄木全集』（筑摩書房）には「参考資料」を含めて、そのわずか三九篇しか入集されておりません。それも私の主張し、新しく認められた四篇を含めてです。あとの七一篇は今もって啄木の執筆した、あるいは関係した記事として公に認められておりません。それが非常に残念でなりません。

「小樽のかたみ」や私の仮称する「釧路のかたみ」は、記者啄木を知る上での貴重な文献的資料となっています。実証的研究には基本的資料の探索と評価はぜひ必要です。記者啄木を等閑視しての啄木論はありえないのです。北海道時代（函館、札幌、小樽、釧路）も東京時代も啄木は職業として新聞界に身を置いた新聞記者なんですからね。それからまた、北海道の啄木論を進めるに当たって、一九〇七年（明治四十）時の『函館教育会雑誌』（函館市中央図書館所蔵）、一九〇七～一九〇八年（明治四十一）等の沢田天峰の日記「無心録」「耳鳴録」「家庭日記」（沢田悟氏所蔵）、さらに釧路の花街、芸妓を詳細に紹介した一九〇八年一月発行の『釧路の粋《すい》かい』（函館市中央図書館所蔵）という貴重な文献もあります。

いずれも啄木在道中に発行されたり記述されたりした啄木に関係する一級の資料（新資料、一次史料）です。ところがそれらの資料について触れられた啄木研究者は少なくとも私がこれらについて言及発表した以前においては誰もおりません。啄木論の中で完全に欠落していたものなんです。

それから、啄木の道内における経済生活をまとめたものも皆無。気象学上の関連から啄木の生活や文学に触れた論稿も少ない。つまり、この時期の啄木を調べてみて、「啄木の北海道時代」は他の時代と比べて「啄木研究の空白期」ではないのかという疑念にとらわれたのです。このことがこの本の執筆動機となったわけです。啄木の北海道時代は啄木の人生と文学にもっとも大きな影響を与えた時期です。文学的にも思想的にも大きな転換期に当たっている時期と言えましょう。

啄木のこの頃の思想的な面については「社会主義への接近」（本書P三七三～）で詳述しておきましたし、文学面での自然主義については「『卓上一枝《いっし》』の文学的意義について」（本書P四九七～）で述べておきましたので、ご参照いただければと思います。「卓上一枝」は啄木自身、新詩社派の浪漫主義的立場から自然主義へと軸足を移す転換期の文芸論です。

北海道の生活なくして啄木の思想も文学もなかった

――こうして長年の研究がここに集結され、実を結んだということになりますね。

福地　この度、伝統と権威のある賞をいただいたということは、社会的評価を得たということになり、つまり実を結んだということになりますでしょうか。大変ありがたいことです。まあしかし、中断していた時期もありました。研究はそんなに長い時間継続していたわけでもありません。教員として管理職もしておりましたので、その間の十年ほどもまったく啄木から遠ざかっておりました。私は体力的にはあまり自信のあるほうではありませんので、管理職、研究、二足のわらじを履くのは無理と思ったからです。それでも私の啄木研究は優に三十年は超えているでしょうか。その間の論文は百三十篇ほどになります。主に北海道に関係するものばかりなんですが……。それをそのまま放置しておくのもどうかと思い、一冊にまとめてみたいと思うようになりました。大部の一冊になりそうでしたので、けっこう省いたつもりです。それでも本文六百二二ページとなってしまいました。

実はこの本を発行して後、割愛した部分も何とか冊子にしておきたいと思うようになり、本書発行の翌年、札幌の Akariya 出版から「補遺」の形で刊行しました。『「石川啄木と北海道―その人生・文学・時代―」補遺』（A5判、九八ページ、非売品）がそれです。これからも啄木研究は続きますね。

――「北海道時代の啄木」はこれで一段落されたようですが、これからも啄木研究は続きますね。

福地　そういうことになりますでしょうか。大学時代に卒論で書きあげた「啄木晩年の思想的変遷について」もまだ中途半端な形になっておりますので……。当初は『石川啄木伝』を一本ものにしたいという野心を持っていた時期もあったんですがもう無理ですね。

――それにしても立派なお仕事をなされました。本当にご苦労様でした。

結論としてどうでしょう。啄木の北海道生活は啄木の人生・文学にどう影響しているのでしょうか。簡潔に――。

福地　啄木の文学は〝漂泊の文学〟といわれています。北海道における一年の漂泊がなかったら啄木文学は生まれていない。『一握の砂』『悲しき玩具』も「卓上一枝」や「食うべき詩」、また「時代閉塞の現状」「呼子と口笛」も生まれてないといってよろしいでしょう。啄木文学の形成には北海道生活のこの一年が大きく影響しています。北海道の生活なくして啄木の思想も文学もなかったといってよいでしょう。それが私の結論です。

――最後に先生のお好きな啄木の歌を一首

福地　うーん。そうですね。

浪淘沙《らうたうさ》

ながくも声をふるはせて
うたふがごとき旅なりしかな

歌集『一握の砂』の中核となっている「忘れがたき人人」の結びの歌です。「浪淘沙」とは川の波（浪）が砂（沙）を洗（淘）うような中国唐代の物悲しい調べを指します。啄木における北海道は、浪淘沙のような悲しい漂泊の旅でした。そしてそれが啄木の文学を規定しているのです。

——今日はお忙しいところを本当にありがとうございました。また、おめでとうございました。（二〇一八年九月、電話と電子メールによるインタビューを再構成）

（『日本自費出版年鑑二〇一八』H30・10）

回　弘前コーヒー

「人生八十年」がいつの間にか「人生百年」と言われるようになった。当方、中寿（八十歳）を過ぎてはいるが、上寿（百歳）となるとやはり無理であろう。最近はどうも体調がよろしくない。

津軽の友人M氏がそれを心配してか、「弘前コーヒー」を送ってくれた。私は青森県弘前市出身。今まで「弘前コーヒー」なるものを聞いたことがない。

友人によると、今から百五十年ほど前のこと。蝦夷地警固の命により北海道斜里に入った津軽藩士百名が、寒さのため浮腫病に罹り八十名ほどが次々と倒れ亡くなっていったという。その時この病気にコーヒーが効くということで、急遽藩士たちにコーヒーが供された。結果、二十名ほどの生命が助かったという。

そういうエピソードが最近知られるようになり、今では古文書による当時の製法でコーヒーを淹れる店が弘前で増え、「弘前コーヒー」のネーミングで人気を得ているというのである。

私はコーヒー党で、朝夕二回喫むのを習いとしている。そこで、当時の製法に則って、このコーヒーを心して喫んでみた。うまい。香りもよく、そして実にまろやかなのである。それからは「コーヒーは『弘前コーヒー』に限る」と、落語の世界で聞いたことのあるようなセリフを言っては乙に構えている。

私は今、マンション暮らし。札幌市立病院真向かいに住んでいる。窓からは毎日病院に向かう人たちの足取りが見える。

そろそろ四月、陽気が待たれる。桜が待たれる。病院に通う人たちの足取りも心なしか軽く見える。

今朝も「弘前コーヒー」を口にしながら、郷里の友のこと、郷里の桜のこと、蝦夷地警固や開拓にたずさった郷里の先人たちの苦労のことなどに思いを馳せ、私は窓の外を眺めながら春を待っている。

（未発表　H31・3記）

Ⅲ　啄木小論・四題

四　大竹敬造校長と石川啄木

石川啄木が生活の場を求めて来函したのは明治四十年五月五日である。そして、五月十一日から「苜蓿社《ぼくしゅくしゃ》」同人沢田天峰（信太郎）の世話で函館商業会議所に臨時雇として入り、六月十一日からは同じ苜蓿社同人吉野白村（章三）の紹介で函館区立弥生尋常小学校代用教員となるのであるが、この時の啄木を採用した校長が大竹敬造なのである。

啄木はこの年八月二十五日の函館大火が原因となって、その後間もなく札幌に向かうわけであるが、同小学校には九月十日まで在職した。

ところが、啄木を弥生尋常小学校に採用したその大竹敬造校長の閲歴については、今まで全然と言っていいほど文献にも記されていないし、「啄木を語る会」等でも述べられていない。そこでここではその大竹敬造校長について触れてみたいと思う。同校長については義弟下川原清[注一]、養子大竹（下川原）正雄等のご協力で次のようなことを知ることができた。

大竹敬造は明治六年七月二十一日、新潟県古志郡長岡字新町村（現長岡市）に長岡藩士族大竹淳作の次男として生まれた。父は無類の酒好きで、為に幼少年期の敬造はよく酒を買いにやらされたという。こういうエピソードもある。

敬造が父に頼まれ、ある酒屋までいくことになったが、少し遠かったので、途中の店から他の銘柄の酒を買って来たところ、父は烈火の如く怒ってその酒を投げつけたという。父は酒癖悪く手に負えなかった。家庭内は円満とは言えず、経済的にも極貧の状況にあった。

大竹敬造が北海道に渡ったのはいつの頃か定かでない。長兄涼二が樺戸集治監監獄課長高野譲（山本五十六元帥の兄）に招かれ、明治十九年に北海道月形にと移住転籍しているので、その頃に敬造は兄を頼って渡道したものと思われる。彼の両親は明治二十二年に樺戸月形で亡くなっているので、両親もまた涼二のもとにと渡道していたのであろう。

兄弟姉妹は六人であった。一番上は涼二と言い敬造は次男である。ほかに弟に義近、さらに妹三人（サタ、ハル、シゲ）がいた。

長男涼二は慶応三年（一八六七）生まれ。明治十六年十月に家督相続し、同十九年十一月に石狩国樺戸郡月形村に転籍、樺戸集治監に奉職している。

北海道では明治十四年八月には樺戸集治監（月形）が開庁、その翌年に空知集治監（三笠）、同十八年には釧路集治監（標茶）が創設されていて、その吏員を全国的に募集していた。涼二はそれに応募したのである。帯剣することのできなかった時勢に、士族涼二にとってサーベルを佩くことのできる職業は魅力であったようだ。しかし、当時の大井上輝前《おおいのうえてるちか》[注三]典獄の信望を得ていた兄涼二は明治三十一年十月、肺結核のため三十一歳という春秋に富む身をもって病没している。

敬造の弟である三男義近（明治九年生まれ）はなかなかの俊秀であったが、家庭の経済事情から小学校を退学し、十一歳の時から給仕を振り出しに監獄署に奉職し、専ら典獄付の用務を弁じていた。一家の家計は看守涼二の収入である程度向上し、義近は十五歳の時向学心やみ難く上京する。

東京で勉学し中学卒業資格を得た彼は第二高等学校にと進学、さらに東京大学理学部地質学科に入学し、そこを明治三十七年七月に卒業した。義近の学生時代における生活費は、敬造（北海道師範学校教員を経て亀田尋常高等小学校長）と敬造の妻（函館区立東川尋常高等小学校訓導）の仕送りにあった。長兄涼二が亡くなったので義近の生活は敬造が見ていたのである。

大竹義近は東京大学を卒業して間もなくの明治三十八年九月に、兄敬造に無断で大井上家へ養子に入った。敬造は非常に怒って、死の間際まで義近を自分の家に寄せつけなかったという。大井上家としては長男唯一が明治三十三年に二十七歳の若さで札幌で亡くなり、次男の精一は二歳で夭逝《ようせつ》しているので長女ハルの女婿にと義近を養子に入れたのである。

結婚して後の義近はアメリカに留学。その後、農林省の役人をしたり、北大（東北帝国大学農科大学）助教授を勤めたりして地質学上のオーソリティになり、昭和三十五年十月に亡くなった。

敬造のすぐ下の妹サタは余市郡黒川村の士族有賀淳と結婚している。有賀は敬造の師範先輩で、当時、札幌創成尋常高等小学校の教員をしていたが、後、サタと二人で朝鮮に渡り、その後は消息不明である。その下の妹のハルは札幌の鈴木家に嫁した。

さて、本題にもどって大竹敬造はどうかというと、彼は明治二十九年三月に第十回生として北海道尋常師範学校を卒業している。兄涼二の亡くなる二年前のことである。それ以前の学歴は分からない。郷里長岡は昭和二十年の空襲に遭い、彼の卒業したと思われる小学校も、その学籍簿、卒業生名簿等もその時みな焼失しているからである。

彼が教職についた最初の奉職校である札幌創成小学校（明治二十九年三月二十八日赴任）には彼の自筆と思われる履歴書が残っている。それによると、住所は樺戸郡表霞町（現月形町）となっている。明治二十六年十二月に兄涼二は表霞町に移っている（月形町の大竹涼二除籍謄本による）ので、兄の世話で師範学校を終えたものと考えられる。

大竹敬造が師範学校を卒業した時の同期生は九人いたが、成績は二、三番を下らぬ好成績であった。卒業後はすぐ札幌区創成尋常高等小学校に訓導として勤めている。

同年、敬造は北海道庁土木課の吏員である同じ新潟県出身下河原孝次の長女ハツ[注四]（当時十六歳）と結婚した。式は札幌区北一条東一丁目にあった大竹敬造の自宅（借家）で行われた。

翌年の明治三十年一月に彼は東京水産伝修所水産科教員養成所（現東京水産大学）に入る。同所に入った時は教科書を購入する経済的余裕もなく、友人の教科書を借りて筆で書き写したという。刻苦勉励型であった。

そこを明治三十年十二月に卒業すると北海道尋常師範学校農業科（水産担当）の教員（助教諭心得）となり、継いで函館区立亀田尋常高等小学校長（明治三四・八～）を経て、函館区弥生尋常小学校長（明治三七・六・一七～明四十・一〇・二四）にと赴任する。

啄木採用の経緯については、年度途中に退職者が出てその補充に頭を悩ましていた時に、妻の職場の同僚である吉野白村（章三）教諭（函館区立東川尋常高等小学校）より啄木を紹介されたことにある。啄木は文章に秀で、天才詩人として東京で喧伝された著名な人である、ということに心を動かしたのである。啄木日記には「休みても別に届を出さざりき、にも不拘校長は予に対して始終寛大な態度をとれり」とあることから、大竹校長は彼の文人としての才能を愛し、その行動を大目に見ていたようである。

しかし、大竹敬造校長が啄木を採用し、また、彼の行動に寛大だった理由はそれだけではない。前述したように、彼の幼い頃の家庭内は円満とは言えず、経済的にも極貧状態にあった。そのため敬造の兄涼二が単身北海道月形にと渡り、樺戸集治監看守として奉職し、間もなく一家を呼び寄せたのである。

敬造はすぐ上の兄涼二のその時の心状を思うと、同じ境涯にある啄木に深い同情を禁じえなかった。離散した家族を内地に残し単身渡道、一家をまとめるべく若い身で奔走している啄木。ここに大竹敬造校長は啄木に、当時の苦労していた自分の兄の姿を重ね合わせ、深い同情を覚え、援助の手を差しのべたのである。啄木の行動を大目にみていたのも、以上のような理由があったからである。

そんな二人の関係も、大竹校長在任中の明治四十年八月二十五日に弥生尋常小学校は例の函館大火で類焼することになり、啄木は札幌へ、大竹校長は帯広へと居を変えて行くことになる。

明治四十年十月二十四日、敬造は河西郡帯広尋常高等小学校長にと転任する。

後、敬造は小学校教員検定委員会臨時委員（明治四十一年五月。同年九月には帯広実業補修学校長を兼任）、網[注五]走尋常高等小学校長（明治四十三年五月。網走実業補修学校長を兼任）を経て、明治四十五年二月に退職した。退職の理由は病気（喉頭結核）に依るのであるが、彼はすぐ札幌に出て、北四条西六丁目二番地に住し、専心療養することになる。

大正元年十一月十九日に入って、敬造は市に分家届を提出、妻と養子（正雄）を入籍したが、それより間もなくの大正二年四月十四日に、満三十九歳の一生を終えた。中肉中背、円満な人柄の、いかにも教員らしい実直な人であったという。

墓は札幌豊平墓地にあり、「大竹家の墓」とある右側面に、法名「釋敬聞」と刻まれている。翌大正三年二月には妻ハツも夫の後を追うようにして亡くなり、そこの墓には二人が眠っている。

ところで、敬造には実子がいなかった。そこで妻の弟である下河原正雄を養子にした。明治四十二年頃のことである。戸籍上正式に入籍したのは大正元年十一月ということになる。

下河原正雄は旧制函館商業学校を出、小樽高等商業学校を卒業し、小樽の北海製罐株式会社に入り、後、東洋製罐に移り、神戸のゴム会社の重役で退職。後、神戸に住まいしていた。

同氏は養父敬造のことについて、私に次のように述べている。

大竹家の養子に行ったのは小学校二年の頃で、父が病死したのは大正二年であるから僅々五年間。その中母の病気治療のため札幌に出ていた事もあるので、実際に親子としての生活は三年間そこそこであるから、父親の人柄を知っているというほどでもない。しかし、幼少であった私の印象にとくに残っていることでは次のことがある。

私の帯広当時の友達にアイヌの子がいた。学校の同級生である。二人はよく遊んだ。しかし、父はそのことについては何も言わなかった。六十有余年前のアイヌに対する蔑視感の強い時代のことである。人間平等の思想を持っていた父には頭が下がる。また、父はヴァイオリン、母は琴を弾くことを好み、二人でよく合奏しておった。男尊女卑の甚だしかった当時としては誠に異色な存在で、父は同時代の人には新しい感覚の持主であったように思う。

なお、敬蔵の「蔵」は啄木日記、函館弥生小学校、帯広小学校等の沿革史、札幌創成小学校の自筆履歴書等では「造」となっている。彼は書簡や表札等にも「造」を使用していたようである。しかし札幌、月形の除籍謄本、札幌師範卒業生名簿、さらに墓碑等を見ると「蔵」となっている。つまり通称敬造として本人が長年使用してきているので、ここでは造としてきた。

いずれにしても啄木を弥生尋常小学校に採用した校長は「大竹敬造」なのである。

注一　明治四十年北海道師範学校卒。卒業と同時に弥生高等小学校（翌年同校は弥生尋常高等小学校となる）に赴任、以来十五年間を同校の教諭として過し、その後の二十二年間を校長（常磐小学校五年、東川小学校七年、松風小学校七年、中島小学校一年、弥生小学校一年半）として勤めた。最後の勤務校は弥生国民学校である。そこの校長を無事勤めあげて、昭和二十年三月退職し、その後悠悠自適の生活を送っていたが、昭和五十一年十月二十一日、八十九歳で天寿を全うした。なお、東川小学校長時代のPTA会長には宮崎大四郎（郁雨）が当たっている。ほかに、下河原清は北海道社会人野球の草分けであり、函館太洋倶楽部の創設（明治四十年）者として有名である。同チームは昭和十七年の第十三回神宮大会で全国優勝した。

二　樺戸集治監は明治十四年八月の創設である。同監獄は明治二十年一月に樺戸監獄署、明治二十三年七月に旧称に復して樺戸集治監、同二十四年七月に北海道集治監、同三十六年四月に樺戸監獄と名称がえをし、大正八年一月にその使命を終えて廃監となっている。初代典獄は月形潔、大井上輝前は三代目になる。

三　嘉永元年（一八四八）十月二十二日に愛媛県喜多郡中村殿町五五九番地（現大洲市）に大洲藩士大井上瀬脇の四男として生まれている。文久三年（一八六三）、志を立てサンフランシスコに渡海、三年の後帰国。明治元年鳥羽伏見の戦に、明治二年箱館戦争に参加。明治二年六月に箱館府四等官（通訳官）となり、同九月開拓使大主典に任ぜられた。その後、樺太庁、内務省監獄局勤務を経て、明治十八年九月、彼三十六歳の時に釧路集治監初代典獄（刑務所長）となる。さらに明治二十三年七月北海道空知集治監典獄、同二十四年八月北海道集治監（樺戸）典獄となったが、四十六歳の時の同二十八年七月、教誨師が御真影を教誨場から降ろしたということが問題となって依願退官、札幌（北八条東二丁目）に出て農業を営んだ。まもなく札幌区会議員（議長）となり、その議長を十年ほど勤め、明治四十年に上京し、同四十二年牛込（新宿区若宮二八）に新築入居し、同四十五年一月十四日六十三歳で亡くなった。実子に二男（唯一、精一）二女（ハル、ナツ）がいて、ハルは大竹義近と結婚し、大井上家を継いだ。

四　明治十四年一月一日函館生まれ。明治二十九年三月札幌女子小学校高等科四年を卒業し、後、北海道教育会講習会を終了。明治三十四年七月には尋常小学校本科准教員の検定試験に合格し、亀田尋常高等小学校、東川尋常高等小学校、帯広尋常高等小学校、帯広女子尋常高等小学校教員を経て、明治四十三年三月に退職し、大正三年二月七日に亡くなっている。

五　当時鉄道は網走まで通っていなかった。そこで十勝から同地まで船で行った。その際荷物だけを先に船便で送ったのであるが、根室で時化に遭い、その貨物船は沈んでしまった。水産伝習所時代に書き写した教科書類は一切流失したという。

（「北方文芸」S52・9）

◻ 石川啄木と釧路の花柳界

釧路の町は釧路川によって両分され、俗にその川より北を橋北、南を橋南と称していた。明治三十四年七月に釧路―白糠間に鉄道が開通した時、その駅舎は橋北の宇頓化の方（現黒金町九、NTT付近）にできた。爾来、橋北が発展し、それに伴って花街も二方面に分散するようになるのであるが、明治四十一年頃の町の中心はいまだ南にあり、当時の花街も橋南、米町・真砂・浦見町辺りにあったのである。

当時、釧路最大の料亭と言えば、最も古い看板をもつ橋南の「丸こ喜望楼」である。初代の経営者は畑瀬送平という人で、明治十八年の開業であり、二代目は大井留吉と言い、啄木在釧の明治四十一年頃はその夫人大井トメが名義上の経営者となっていた。建物は真砂町四十五番地（現南大通り八丁目二の二十、武富私道）にあり、眺望の極めて良い高台にあって、小樽・札幌にもないと言われるほどの二階建豪壮なものであった。

次に大きな旗亭は浦見町の「鶤寅」（現浦見町八丁目二、「鶤寅の井戸」現存）である。この建物も高台にあって眺めが良く、間数七室を有する平屋建の料理屋である。経営者は近藤虎三郎という侠気な気骨をもった人であった。

釧路ではこの二つが大きい方であるが、その外に町内の主なる旗亭として鹿島屋《かじまや》（真砂町武富私道、経営者堅田彦三郎）、梅本楼（真砂町六十四、経営者柳川甚右ヱ門）、亀鶴楼（経営畑瀬ミネ）、船見楼（米町、経営赤坂マサ）、真喜庵（真砂町百一、経営伊藤市太郎・名義同人妻伊藤なみ子）、ほかに丸長支店（本店真砂町丸長料理店）等がある。

そのうちで喜望楼、鶤寅、鹿島屋は当時の釧路を代表する三亭なのである。その喜望楼には小静、小住、小新、助六が、鶤寅には小奴、小蝶、雀、ぽんたが、鹿島屋には市子、二三子という芸妓がいた。

釧路の芸妓はその頃、四十人ほどいたようで、啄木の郁雨宛書簡（明治四一・二・八）によると、「釧路の芸者は約四十人、見番は先月新らしく出来たが極めて不振で、皆料理店には内芸者が抱へてある、㋙には大小十一人のペン〳〵猫が居る、」とある。各料亭ではそれぞれ抱えの芸者がいたことがこのことからも分かる。

さて、それではそれら料亭にはどのような芸妓がいたのであろうか。それを五十幡熊五郎著の『釧路の粋かい』[注一]や啄木の「紅筆便り」等を参考にしてもう少し詳しくあげてみることにしよう。
文中○印の付してあるのは啄木の日記に見える芸妓の名であり、△印は「紅筆便り」に取りあげられている源氏名である。

喜望楼
△○小住（三十七歳）　○小新（三十三歳）　小芳（三十三歳）
○小福（二十七歳）　△○小静（二十五歳）　△桃子（二十四歳）
△○助六（二十二歳）　△○小玉（二十歳）
○初子　切子　△○小若

鶤寅
△○ぽんた（二十九歳）　糸八（二十八歳）　△○妙子（二十五歳）
△○小蝶（二十五歳）　△○雀（十八歳）　△○小奴（十八歳）
○春吉

鹿島屋
△○清香（二十五歳）　△○照子（二十歳）　△○二三子注二（二十歳）
△○市子（十六歳）　△かな子

梅本楼
米八（二十五歳）　○小梅（二十二歳）　万作（二十歳）
万歳（十七歳）　△大漁（十五歳）　△○雛子（半玉）（十三歳）
亀鶴楼
北助（三十歳）　鶴寿（二十歳）　△一助（十九歳）
舟見楼
△花吉（二十六歳）　△芳子（二十歳）
真喜庵
小六（二十六歳）
丸長支店
五郎（二十歳）　△小染
釧路見番（浦見町）
△○菊寿（二十八歳）　△寿々子（二十四歳）　△五郎（十九歳）
三子（半玉）（十四歳）きん子（半玉）（九歳）

以上で芸妓名四十二を数えることができるので、釧路の芸者はこれでほとんど全部であろう。

当時、五十幡熊五郎は『釧路の粋かい』発行の外に、芸妓五人の写真を銅版にして絵葉書を作り、一枚三銭五厘として千枚ずつ刷り発売している。その五人とは小奴、市子、小蝶、雀、二三子であるから、彼女らはこれら釧路芸妓の中での花形芸妓と言うことができる。

以下、同書に見られる五人の人物を紹介してみよう。

○芸名　小奴　坪じん（十八歳）

十勝国大津村字幸通り当時釧路郡釧路町大字浦見町平民

若手拍子《わかてべうし》の優物《ゆうぶつ》は、先此妓等《まづこのこら》を以《もつ》て推《を》すべし、容姿風丰艶麗《ようしふうぼうゑんれい》にして、衆《しゆう》を抽《ぬき》ずと云《い》ふにあらねど、凛然《りんぜん》たる口辺《こうへん》、秀楚《しゆうそ》たる眉目《びもく》、何となく威あり愛あり、花に譬《たと》ふれば白薔薇《はくせうび》の如し、此妓性快活《このこせいかいかつ》にして、客に対し心に城壁《ぜうへき》を設けず、淡如《たんじよ》として其心中《そのしんちゆう》を吐露《とろ》す、常に習画《しゆうが》を好み、一枝《いつし》の妙《めう》能く花鳥を描写す、得意の踊は、藤間流《ふじまりゆう》の手繙《てほど》きにて、其起《そのたつ》て舞《ま》ふや、霓裳羽衣《げいせううい》、宛《あだか》も紫府《しふ》の黄庭《こうてい》に逍遙《せうよう》する如しと云ふべきか、如《しか》も亦《また》年若き此妓《このこ》にして、客を遇するの策に富み、洵《まこと》に後世《こうせい》恐るべきものなり、学業《がくげう》は高等四年にして、水茎《みづくき》の跡も衆妓《しうぎ》に絶《ぜつ》す、彼《か》の美人投票の一等を以《もつ》て、船見楼に誇りつゝある[注二]二三子《ふみこ》の君と対陣し、毫《すこし》も、遜色《そんしよく》なしと云ふべし

○芸名　市子　大和いつ（十六歳）

函館区恵比須町四十九番地平民大和きく長女

千紫万紅《いろ〳〵さま〴〵》の花の中、色々の批評《しなさだめ》はあれど、若手拍子《わかてべうし》の優として、止《とど》めを刺《さ》すは、真《ほん》に此妓《このこ》市子なり、彼《か》の半玉《はんぎよく》時代より、不断笑含《ふだんにこやか》なる愛嬌《あいけう》を満面に浮べ、無邪気の素振《そぶ》りに客を陶《とう》冶《や》する自然の大秘術を備へたり、踊の手は喜望楼《まるこ》の紅襟《あかえり》連中を圧し、其軽妙《そのけいめう》なること琴上《きんじよう》に梅花《ばいか》の舞ふが如く、羅裙馥郁《らくんふくいく》として珮後《はいご》に蘭の馨《あらゝぎか》るが如し、されど年が年とて、顔は未《ま》だ初《う》生《ぶ》なれど、腕の凄きは秋の夜の……、応《をゝ》それよ、月の光に太刀《たち》を翳《かざ》すが如し、故《ゆへ》を以《もつ》て武勇《ぶゆう》目出度度《めでたた》き三河の守が寵嬖《おもひもの》となり、桂殿錦繍《けいでんきんせう》の帳《とばり》に、蘭麝《らんじや》の名香《めいこう》を焚《た》くといふにあらねど、自分《じぶん》が室《へや》にて、お袴脱《はかまぬが》せ奉《たてま》り、衣桁《ゐかう》に懸《か》けての軍議評定《ぐんぎへうぜう》に、夜ぞ徹《あか》し玉《たま》ふことも屡《しば〳〵》ありとか、兎《と》に角此妓《かくこのこ》は、釧路枠界中に誉《ほまれ》高き、鹿島屋持切《もちき》りの流行妓《はやりつこ》也

○芸名　小蝶　甲斐田しも（二十五歳）

釧路郡釧路町大字浦見町平民甲斐田源右衛門五女

多情憐殺す寒蝴蝶、姐《ねい》さん仲々《なかなか》の腕前者《うでまへもの》である、茶に花が嫌だとあれば、閑雅優寂《かんがゆうしゆく》の美風はあるまいが、其代《そのかわ》り活発で勝気で、洒々落々《しやく〳〵らく〳〵》で、自《みず》ら粋界校書《すいかいこうしよ》の女傑《じよけつ》を以《もつ》て任じて居《を》る、

然《しか》れば鷹揚《をうよう》虎視、ポテ雀や小奴の名妓を幕下《ばつか》として、万里風雲《ばんりふううん》を望《のぞ》むで居る。お負《ま》けに美人で、蛾眉雲鬢《がびうんかん》、流盻一顧《りゆうけんいつこ》すれば客は忽《たちまち》魂を飛ばし、得意の義太夫、清元を聞くときは、財布の金が逃げ出すと云ふ疫病神《やくびようがみ》である、左《さ》れど又此妓《またこのこ》の方から云へば、人を見て金を見ぬ癖があるから面白い、楚台《そだい》の雨既《すで》に晴れ、驪山《りざん》の契《ちぎり》万里の雲を隔《へだ》つと喞《かこ》ちしは誰《たれ》々であろう、兎《と》に角《かく》喜望楼の小新姐《ねい》さんや小住姐《ねい》さん抔《など》を除けば、斯界《しかい》の尤物《ゆうぶつ》として称揚《せうよう》されるのである、穴賢《あなかしこ》だ

○芸名　すゞめ　青山いさ（十八歳）
釧路郡釧路町大字浦見町平民

儘《まま》に成田の不動に願《がん》をかけて結《むす》むだ女夫鶴《めをと》、此妓《このこ》の信仰は、成田不動にて、女夫《めをと》の外に雛《ひな》鶴《づる》までもうけし事ありとか、然《さ》れば雀とは仮の名にて、其風丰《そのふうぼう》は、釧路花柳界中、真実鶏群《まことけいぐん》の一鶴《いつかく》也、婀娜窈窕《あだようてう》、繊手《せんしゆ》能く舞ひ、羅裙《らくん》克く捌《さば》く、止《た》だ恨《うらむ》らくは胸骨稍《やゝ》張り、踵趾《かゝと》少しく開く、花に見立つれば暁《あかつき》天の白蓮《はちす》、性活発にして、得意に清元の妙あり、誰やらの詩ならねども、間関《かんかん》の鶯語《をうご》花底《かてい》に滑《なめら》かに、幽咽泉流水灘《ゆうをせんりゆうみづなだ》を下るが如しとも云ふべき乎《か》、甘味の物を嗜《たしな》み、酢の物を嫌ふとは少々不可思議の話なり、学業は尋常全科を卒《を》れり、この妓《こ》の自作に左の俗謡あり

梅に鶯　竹には雀　まつに夜更《よふ》けてほとゝぎす

○芸名　二三子　石崎しげ（二十歳）
新潟県南蒲原郡本成寺村大字入蔵新田平民石崎森作四女

釧路紫陌《しはく》の巷《ちまた》に於《おい》て、一、二を争う校書《こうしよ》の尤物《ゆうぶつ》は、此妓《このこ》を以《もつ》て推《を》すべしと云ふ人あり、されど芸は未《ま》だ堪能ならず、唄に数なし、只温容客に接するに、淡白にして無邪気なること、生臭《うぶくさ》き気娘《きむすめ》の風あり、若手の売《う》れ妓《こ》としてはしゃも虎の小奴と対陣すべぐ、北東時報にてなしたる、釧路十勝の芸妓投票には、一等の月桂冠を得たりとて、一層遊士《ゆうし》の春思《しゆんし》秋想《しゆうそう》を深からしめ、花苑香甫《かゑんかうほ》の情に浴《ゆあ》みんとするもの多く、人気昇天の勢あり、此妓《このこ》にして猶《な》ほ技芸《ぎげい》に鍛錬《たんれん》を積み、手腕の暢《の》ぶるあれば、未来釧路の花柳界を風靡《ふうび》し、一笑一顰共《いつせういつぴんとも》に遊士を悩殺するに至るべし、学科程度は高等二年なりしと云ふ、星は四緑《しろく》にして、性質内気なる上に、陽《あらわ》れぬ処《ところ》に苦労性あり

以上ながながと五人の芸妓の性質、容姿、技芸等について引用して来たのであるが、当時の釧路における柳暗花明の売れっ妓芸妓が躍如と表現されていて興が尽きない。

漢文美文調で形容過多なところもあるが、しかし芸のできない、性格も悪く容貌の劣る芸

妓についいては辛辣な評言をしており、必ずしも美辞麗句で誉めそやした紹介とはなっていない。例えば某芸妓について、「顔の造作は粗雑で、牡丹餅を夕立に流した様な具合、釧路枠界の最下である」とか、「顔の割合に眼大にして醜の醜たるを免れず」と歯に衣きせぬ言辞を呈しているのであるから、以上の五人はやはり相当以上の器量、気立てをもっていたのであろう。

ところで、文中「小蝶」を説明するに「喜望楼の小新姐さんや小住姐さん抔を除けば、斯界の尤物」とあるが、小新は明治四十一年時は三十三歳、小住は三十七歳であり、したがって二人は芸においてはとにかく、容貌、色香においては一級ではなく、いわば第一線を退いた形であった。

さて、それでは、在釧中の啄木はどういう芸妓と交際をもっていたのであろうか、それを彼の日記からさぐってみることにしよう。

彼の日記に登場してくる芸妓名は次のようになっている。

小奴（六十四回）、市子（十七回）、小静（十一回）、ぽんた（九回）、小蝶（七回）、小新（四回）、助六（三回）、雀（二回）、小玉（二回）、照子（二回）、二三子、初子、小住、春吉、妙子、小梅、雛子、小福、小若、菊寿、清子[注三]（各一回）

この登場回数で、啄木がどういう芸妓と交流をもっていたかということが大よそは推測できる。

特に小奴と市子の二人は啄木の脳裡から離れることのなかった芸妓であり、函館の市立図書館所蔵の啄木日記原本（明治四十一年）にはこの二人の写真が貼ってある。

何と言っても小奴との関係は深い。啄木日記での登場回数は六十四回とケタ違いに多い。小奴は釧路粋界きっての名妓の一人で、芳紀まさに十八歳、啄木の心を捉えて離さなかった女性である。

二人が初めてあったのは明治四十一年二月二十一日。北海道鉄道冬季操業視察隊の歓迎会が喜望楼で開かれた時である。以来、小奴と啄木との交際はわずか二ヵ月ほど。しかし後年、啄木は二人の交情を追懐し『一握の砂』に、小奴といひし女の／やはらかき／耳朶《みみたぼ》なども忘れがたけり、以下十三首ほど入集しているが、これは彼の歌集の中で一個人を対象にして歌ったものとしては、函館時代の恋人橘チエの二十二首に次ぐものであった。

小奴は本名渡辺ジン（後、坪、近江と姓を変えた）。明治二十三年十月十五日に反物商渡辺庄六、喜多ヨリの長女として函館に生まれ、昭和四十年二月十七日に老衰により東京都南多摩町老人ホームで淋しく死んだ。享年七十六歳であった。

小奴については次の項の「小奴」で詳述（略）するのでこの程度で筆を止めることにして、次に市子について述べてみよう。

市子は啄木日記では小奴についでその名の記載回数が多く、「釧路でも名の売れた愛嬌者で、年は花の蕾の十七」（明治四一・二・一一）とか、「有志発起の視察隊歓迎会に望む……市ちゃんと鶤虎の小奴は仲々の大モテ」（明治四一・二・二一）、「市子は可愛いゝ眼をして無邪気な話をする女だ。」（明治四一・三・一）「既にして市子が来たが、常の如くでない。小奴に金色夜叉を置いて来た事を一晩怨まれた。」（明治四一・三・五）などと記され、「紅筆便り」では「釧路粋界の花形、小奴、市子の噂は度々お伺まゐらせ候」と書かれている。

　また、東京時代の彼の日記（明治四一・一二・八）には「枕の上で、頻りに釧路の事を思った。市子のことなど――」と記されている。

その市子は本名を大和いつと言い、本籍は函館区恵比須町四十九番地となっているが、その除籍謄本は昭和九年の函館大火によって焼失したものと思われ入手することができず、したがって遺族を知ることもできず、その履歴[注四]はまったく知られていない。

『釧路の粋かい』にもあるように、無邪気で愛嬌があり、若手の人気芸者で踊り上手だったことが分かる。

『一握の砂』に入集されている、三味線の絃のきれしを／火事のごと騒ぐ子ありき／大雪の夜に、は、市子をモデルにしている。快活で明るい子であったことが分かる。

一方、小静はどうであろうか。

彼女は本名をミエと言い、尾張栄太郎、ミワの三女として明治十八年九月七日に生まれている。父はその頃函館より厚岸に転住しているが、彼女自身は故あって八戸で生まれたようである。

義姉に十二ほど年の違うセイが居た。セイは函館曙町の高佐キサ姪で、明治四年生まれ。明治二十二年六月に栄太郎の養女として入籍し、明治三十六年六月に厚岸町梅香町に分家している。彼女は元、厚岸花月楼に小清の名で左褄をとっていた女性で、啄木来釧時は喜望楼の芸妓として小住の名でその芸名をほしいままにしていた。小静はこの義姉小住から芸を習い、喜望楼に出るようになったのである。

啄木日記(明治四一・二・一〇)には小静の閲歴を記してあるが、要約すると次のようになる。

彼女は八戸出身で幼なき頃郷里を出る。現在、両親、姉との四人家族で釧路に居る。姉に小住が居て同じ喜望楼の芸妓になっている。兄に朝霧映水（芸名）がいて、大黒座の一員で札幌にいる。小静には二歳の子がいて、その子は山県釧路支店所有の雲海丸船長との間にできた子であるという。芸においては㋙喜望楼の芸妓十人中、彼女の右に出る者はいない。彼女の現在の弗旦は共立笠井病院院長万沢晋医学士（院長）と、もう一人仲買商の富士屋という男である。かつて北東新報社長西島勝から結婚を申し込まれ、それを断ったので、北東紙は彼女に対して悪感情をもった記事を掲げる。

芸は大変うまかったようで、小住より稽古を受けただけあって、三味線執っての音締の堅さは粋界中の秀であり、また器量もよかったが、玉にきずは声にあったという。

藤田南洋、高田紅果宛啄木書簡（明治四一・二・一七）では小静を評して、「下町式のロマンチック趣味の女にて、鏡花の小説で逢った様な女也」と形容している人物でもある。

啄木在釧中、芸妓で早くに仲の良かったのは小静であり、小奴、市子とはその後半においてである。小静はよく唄い、よく弾き、よく笑う女で、啄木は当初、この女性をたびたびあげて遊興していた。同女は後年釧路選出道会議員伊藤八郎と結婚している。

次にぽんた（本名三井田ヱン）であるが、彼女は『釧路の粋かい』にも紹介されていない女性であるので、名の売れた芸妓ではあるまい。

啄木日記には「歌奴ぽんたの顔は飽くまで丸く」（明治四一・二・一三）とあることからも、美人タイプではなかったようだ。にもかかわらず度々啄木日記に登場してくるのは、ぽんたが小奴と同居していた関係からである。当時小奴は米町二丁目本行寺向かいの一軒家を借り、西川という婆やを雇ってぽんたと同居していたのである。したがって彼女の名前は小奴との繋がりで登場してくるに過ぎないので、ここでは筆を省くことにする。

次いで小蝶であるが、彼女について記した文献としては、「啄木と歌奴小蝶」（吉田孤羊）という好論文があり、そしてそれが唯一である。この原稿は朝日新聞岩手版に昭和三十四年四月十二―十四日と連載したものであるが、今は『啄木発見』（洋々社、昭四七）に収められているので入手しやすい。ここの部分はその二番煎じになりかねないが、記述の都合上どうしても必要なので、取りあげることにしよう。

小蝶は本名甲斐田シモ。明治十四年四月一日に岩手県下閉伊郡山田町に源右ヱ門五女として生まれている。源右ヱ門は貧しい漁師で、それに二男六女の子だくさんであったから、幼い時山田町随一の料亭三吉家（浜村ウタ方）に養女に出され、ここで芸を仕込まれた。大久保喜重治という青年と相識るようになったのも三吉家である。明治二十九年に三陸を襲った大津波の影響もあって、三吉家は没落し、一家は釧路に移ることになる。

小蝶は釧路の鶤寅の抱え芸者となり、勝気な性格もあって、芸の方はさらに上達してゆく。芸は良し、座持ちは良し、それに端正な顔立ちをした典型的美人でもある。姐さん株の小住小新の後を継いで、小静と並び釧路の粋界を代表する人となっていく。小奴、市子は小静、小蝶に比べると年齢も若く、したがって芸の方も二人にはまだ劣っていた。

『釧路の粋かい』の第一頁全面を飾っているのはこの小蝶である。義太夫、清元を得意とし、同じ鶤寅の小奴、雀を幕下とする売れっ子芸者なのである。しかし釧路新聞理事佐藤国司の嬖女でもあるから、啄木は彼女に対しては遠慮する面もあったのであろう、あまり親しくしていない。日記では「一風情ある女」（明治四一・二・一三）とあるが一方では「毒がある」（明治四一・三・二二）とも言っている。妖艶な美しさをしてそう感じさせたのかも知れない。『釧路の粋かい』には漢文調で「蛾眉雲鬟《がびうんかん》、流眄一顧《りゅうけんいっこ》すれば客は忽《たちまち》魂を飛ばす」と形容されている女性である。

『一握の砂』には、芸事も顔も／かれより優れたる／女あしざまに我を言へりとか、と小蝶をモデルにした歌が所収されている。「かれ」とは小奴であり、「優れたる女」は小蝶であり、「我」は啄木である。「あしざまに」の内容は何なのか。これは啄木、小奴二人の仲が熱烈なので、岡焼きした小蝶が、「惚れるのは構わない人だけど、石川さんには奥様も子供さんもいるのよ」と言ったことにあるらしい。三月二十日の啄木日記に見える。「毒がある」としたのも、その辺のことを指しているのであろう。

小蝶はこの在釧中も三吉で知りあった青年大久保のためにせっせと学資の仕送りをしている。大久保は早稲田の法科に聴講生として入学、夜は東京外国語学校にと通い、後には日本大学法科に進み、大正三年に同大学を卒業した。そして大正四年六月より昭和二年二月まで十代目の山田町長として、町政の執行運営に当たる最高責任者であった。

小蝶が芸者を止めたのは、大正四年四月三十日であるから大久保が町長になった直前である。後にはこの大久保と結婚（大正十年十二月）し、町長夫人となってからは、釧路の芸者時代の話をすることを好まなかったという。大久保は昭和十七年四月十一日に六十一歳で、夫人シモは戦後の昭和二十一年十二月七日に六十五歳でそれぞれ亡くなった。二人の間に実子はいない。

ところで、五十嵎の銅板絵葉書に取りあげられた「雀」は「小癪にさわる奴」（明治四一・二・一三）で啄木の怒りを買い、「二三子」は「何となく陰気な女で、強いてハシャイで居る女」（明治四一・二・二〇）なので興をひくことはなかった。また助六は顔はいいが「一向に面白くない」（明治四一・二・一二）となり、小新、小住は三十代の姐さん芸者で年齢的にもかけ離れ、二十一歳の啄木には親しめなかったようである。

以上、小奴、市子、小静、小蝶……と述べてきたのであるが、彼女たち芸妓はそれぞれパトロンなりラバーなりは持っていて、啄木在釧中、小奴には函館の青年文士とも、北東紙の文壇を賑わしている紫苑という文士とも言われ、市子には「三河守」なる人がおり、小静の愛人は万沢晋医学士とも仲買商の富士屋とも、小蝶には釧路新聞理事佐藤国司、遠く東京には学生大久保喜重治がいたのである。またこれら紅裙の先輩に当たる小新は釧路新聞社長白石義郎の寵嬖であり、小住は釧路銀行取締役武富米吉の囲女である。また、雀は道会議員木下成太郎の、「右妻左妻ならぬ中妻」（釧路新聞、「浮世眼鏡」）となっているという具合で、恋の道、色の道もそれぞれであった。

このように、釧路の啄木は花柳の巷の世界に沈潜していたわけであるが、その理由としては何と言っても三面記者としての仕事柄、どうしても出入りする必要のある場所であったからである。「釧路新聞」は町の代表的言論機関とはいうものの、三面中心の編集方針をもつ新聞である。その新聞社と釧路粋界、警察等との結びつきは緊密であり、そういう環境が多分に啄木に影響を与えている。

また、この地は若い啄木が二十五円の高給取りとして独身生活をしていた場所でもあり、家族なり家庭なりという桎梏から初めて解放されていた時でもある。

したがって釧路を歌った、あはれかの国のはてにて／酒のみき／かなしみの滓を啜るごとくに、の歌はいかにも暗い虚無的頽廃的生活のイメージが浮かびあがってくるが、現実の啄木の釧路生活は必ずしも頽廃的なものではなく、むしろより明るく人間的健康的なものであったと言って良いかも知れない。彼の釧路時代は職業人としての意識を強く持ち、その才能を縦横に伸ばすことのできた元気横溢な時代である。暗い啄木の生涯の中で、何かほの明るい、灯りのともったような一時期でもあったわけである。

なお、釧路時代の啄木が料亭に足を運んだのは、鶤寅の十二回、喜望楼の八回、鹿島屋の七回、梅本楼の一回、計二十八回の多きを数える。それを料亭別についでに列記しておく。

鶤寅（十二回）

（公的）二月二十二日釧路実業新聞創刊祝
（〃）三月三日鉄道操業視察隊慰労会
（私的）二月十三日緑と
（〃）二月二十日林斅と
（〃）二月二十四日衣川と
（〃）二月二十六日小南、沺水と
（〃）二月二十七日遠藤隆と

（〃）三月七日桜民、萍水、衣川と
（〃）三月九日衣川と
（〃）三月十日奇峰、城東、蕗葉と
（〃）三月二十日鷲南、奇峰と
（〃）三月二十一日城東と

喜望楼（八回）
（公的）一月二十四日入社祝いの招待
（〃）二月二日釧路新聞社新築落成式
（〃）二月二十一日鉄道操業視察隊歓迎会
（私的）二月七日遠藤隆と
（〃）二月十一日小南と
（〃）二月十二日小南と
（〃）二月十六日緑、衣川、小南、泔水らと
（〃）三月二十三日蒲田昴と

鹿島屋（七回）

（私的）二月十一日小南と
（〃）二月十三日遠藤隆と
（〃）二月二十日林斅と
（〃）二月二十六日小南、衣川、泔水と
（〃）三月一日奇峰と
（〃）三月五日城東と
（〃）三月二十日奇峰、鷲南と

梅本楼（一回）
（私的）三月十八日泔水、三浦と

注一　釧路厚岸両港の芸娼妓に係る芸名、妓名、本籍、本名、年齢、性質、容姿、学識、態度、得意の技芸、逸事等を書き述べたものであり、釧路真砂町、「白陽堂」から明治四十一年一月五日に発行された。当時の釧路新聞によく広告が出されており、また、啄木日記にも「市ちゃんから〝釧路粋界〟一部に自筆の名前とデヂケーションを書かして貰って来た。」（明治四一・二・一三）とあるから、啄木もこの本を入手していたのである。しかし、同書についての引用なり言及している研究文献はそれまで見当たらず、啄木論の中で欠落していた。私はこの書物の存在について「啄木と釧路の花柳界」（『原始林』昭五三・一二）「石川啄木と釧路の花柳界」（『北方文芸』昭五六・五）で触れてきた。その後二、三の人がこの書について言及するようになったが、釧路の啄木について知るには実に貴重なものである。釧路でなく函館図書館に所蔵されている。なお、今では釧路図書館でも所蔵しているが、それは函館図書館のそれをコピーしたものである。

二　二三子は間もなく船見楼より鹿島屋へと移籍している。北東時報で募集した釧路十勝の芸妓投票（明治四十年九月）で一等となった人である。この芸妓投票で二等は喜望楼の小静、三等は鹿島屋の市子、四等に鶤寅の小蝶となっている。鶤寅の小奴は権利を姐さん（小蝶）にゆずったなどと新聞では評されている。

三　清子とは鹿島屋の清香をさす。

四　その後、次のことが分かった。『啄木と釧路の芸妓たち』（小林芳弘、昭六〇）による。

一、市子は明治三十六年釧路第一小学校（現日進小学校）尋常科を卒業している。

一、市子という名前で半玉の芸妓として鹿島屋よりデビューしたのは明治三十九年六月十二日。

一、明治四十二年三月に結婚していったん芸妓を廃業したあと、同年六月より一子《いちこ》と名を変え鹿島屋より再デビュー。

一、その後、釧路新聞に「温習会《おさらい》色目評」というタイトルの二回の小さな記事を最後にして、その消息は不明。

（「北方文芸」S56・5）

回 評論「卓上一枝」について

（一） 掲載月日

この評論は六章から構成され、啄木の釧路時代に書かれたものであることは間違いない。明治四十一年四月二十二日付大島流人宛書簡に、「かの卓上一枝の如きも編輯局裡の走り書、畢竟するに私胸中の矛盾をそのまゝ表白したるものに過ぎず候。」とあることからも確実である。

初出は昭和四年刊行の改造社版『石川啄木全集』第四巻であるが、吉田孤羊の解題には、「明治四十一年彼が『釧路新聞』へ入社するや否や、差当り編輯長といふ格で、政治・経済・社会・学芸の各欄に思ふさまその才腕を揮った。『啄木生』『大木頭』『おもはれ人』等の数々の署名で書いたものが、『予算案通過と国民の覚悟』『新時代の婦人』『雲間寸観』『卓上一枝』等である。」とある。このことからすると、「卓上一枝」は明治四十一年一、二月頃、「釧路新聞」に掲載されたということになる。

改造社版『石川啄木全集』に収録されているので「卓上一枝」の本文内容は分かるが、いつ「釧路新聞」に掲載されていたのか、はっきりしたことは分からない。改造社版には掲載月日の記載がないのと、「卓上一枝」の掲載された当の「釧路新聞」はその後、鋏厄に遭っているからである。

そこで掲載月日の特定ということになるのであるが、「卓上一枝」の一月掲載は考えられない。というのは切り抜かれた部分（一月二十四日、二十五日、二十八日）があっても、一月二十四日は初仕事で「先づ三面の帳面をとる」（啄木日記）ということからその余裕はなかったろうし、一月二十四、二十五日の切り抜かれた部分は「雪中行」注一、二十八日のそれは「新時代の婦人」であることから、一月説は無理である。

したがって従来の二月説となる。しかし、それも二月分の切り取られたスペース（二月五日、二月八日、二月十八日、二月二十五日、二月二十六日、二月二十七日、二月二十八日）と「卓上一枝」の分量を計算してみると、六章から成るこの評論の六回の分量は無理である。というのは、二月十八日注二には「薩摩琵琶大会」「無冠の帝王」の記事が、二月二十五日～二十七日分は「釧路詞壇」が入り、二月二十八日分は「雲間寸観」が入るからである。

それで一つの仮説であるが、

第一～四章――二月五日第二面

第五・六章――二月八日第二面

という二回分の分量ならどうであろう。

現存釧路新聞を見ると、二月五日の第一、二面は切り取られて、というよりは完全に抜き取られて欠落、二月八日の一、二面は上段半分が切り取られている。その切り取られた二月五、八日の第二面に「卓上一枝」が載せられていたのではなかろうか。この論文は一面か二面、どちらかに発表されたものとみて、一面とすると、二月八日の第一面は「雲間寸観」[注三]が入ると考えられるから、二面に発表されたとみたのである。

啄木は二月八日夜に宮崎郁雨宛長文の手紙を書いている。その文面は「卓上一枝」の内容とまことに近似したものである。啄木はこの小論を掲載し終えたその夜に、郁雨にその所感を述べたのではなかろうか。

と、ここまで考えてみたが、それにしても「卓上一枝」は六章に分けられているので、常識的には六回に分載したと考えられる。啄木が㈠㈡㈢……、あるいは（上）（中）（下）と漢数字等を入れ新聞に掲載した評論感想類二十五篇は全て日数を追って分載されている。したがって第一の仮説である二月説も説得力が弱い。

石川定は「釧路での啄木を語る（15）」で「卓上一枝」は明治四十一年三月七日以降に六日間にわたって掲載された、としている。そして一つの仮説として「三月十七日から二十四日までの六日間」としている。

そこで現存釧路新聞から、三月分の欠落（切り取られた部分）している個所を調べてみると次の通りとなる。

三月一日付一面二段半（雲間寸観）
三月三日付一面半段（釧路詞壇）
三月四日付三面半段（〃）
三月七日付一面一段（釧路詞壇）
三月八日付一面一段半
三月十二日付一面二段半
三月十四日付一面半段
三月十五日付一面二段
三月十七日付一面半段（釧路詞壇）
三月二十日付一面半段（〃）
三月二十一日付一面二段注四

かっこ書きはそこに埋まっていたと思われる記事である。なお、三月二十二、二十三日は休刊日。二十四日以降においては切り取られた部分は何もない。

さて、今、石川説に従って「卓上一枝」が三月十七日から二十四日までの六日間にわたって掲載されたとすると、現存釧路新聞から推して、そのスペースが全然足りないので、この説をとうてい認めるわけにはいかない。そこで私は三月八日以降説を提起して、大胆ながらも次の第二の仮説を立ててみた。

第一回（第一章）　三月八日（第一面）
第二回（第二、三章）　三月十二日（〃）
第三回（第四章）　三月十四日（〃）
第四回（第五章）　三月十五日（〃）
第五回（第六章）　三月二十一日（〃）

右のように考えた場合に、切り抜かれている新聞のスペースと「卓上一枝」の論稿の字数とがほぼ一致するのである。

第一面に掲載したとするのは、二面であると記事の流れから不自然な個所が多い故である。「雲間寸観」は三月一日に終わり、「内外時事」は三月七日で終わっている。新企画の記事が八日から組まれていい筈である。また、「卓上一枝」の第三章冒頭は、「春来らんとして大風雪到る」とあるが、これは三月八日の死者七、八十名も出た未曾有の大風雪に取材したものであると思われる。そのことに題材を得て第二章に第三章を書き継ぎ、あえて三月十二日の記事として二、三章合載したものであろう。

以上、大雑把な捉え方をしてしまったが、しかし、右の捉え方がもっとも理にかなっていると思う。切り取られた空白の部分と、「卓上一枝」の記事量を詳細に比較検討してみると、この考えが無難であると私は思っている。

このことについてはすでに「啄木小論三題（下）、―人生論『卓上一枝』―」として歌誌『原始林』(昭五九・一二)に発表し、「卓上一枝」の掲載月日を特定しておいたところのものである。

注一 『石川啄木全集』（筑摩書房版）第八巻解題「雪中行」「新時代の婦人」の項参照。
二 拙著「石川啄木と北海道―その人生・文学・時代」第四章第三節第六項、演芸記事「慈善薩摩琵琶大会」（四五六頁）及び同第八項、文士劇「無冠の帝王」（四六八頁）参照。
三 拙著『石川啄木と北海道―その人生・文学・時代』第四章第三節第四項（一）「時事評論『雲間寸観』」（四四五頁）参照。
四 一面を切り取ると当然裏面の二面をも切り取ることになるから、実際は、右数字の倍の新聞面が欠落していることになる。

（二）その文学的意義について

「卓上一枝」は明治四十一年三月、啄木が釧路にあって「釧路新聞」に載せた評論である。

啄木はそこで初めて公けに自然主義についてて見解をのべている。

彼が『明星』一派の浪漫主義に懐疑的になったのは明治四十年十二月、小樽日報を辞め無職無収入の素浪人になった頃からであった。その頃から啄木は思想的には社会主義、文学的には自然主義に関心を深めていく。

啄木と社会主義の当初の接点についてはすでに前章[注一]で述べているので、ここでは自然主義の面から言及してみたい。

まず、彼の日記からそのことを探ってみよう。

新詩社の遣方には臭味があると、自分は何日でも然う思ふ。此臭味は、嘗て自分にもあったかも知れぬ。然し今は無い。毫末もない。此臭味は、ブル臭味である。ガル臭味である。……其同人は多く詩人ぶって居る、詩人がって居る。ぶったり、がったりする人達のやる事だから、其事業は従って小さい。

……此人[注二]によって統率せらるる新詩社の一派が、自然派に反抗したとて其が何になる。自分は現在の所謂自然派の作物を以て文芸の理想とするものではない。然し乍ら自然派と云はるる傾向は決して徒爾に生れ来たものでないのだ。(日記、明四一・一・二)

これはもう啄木が新詩社一派の浪漫主義的立場から離れつつあり、自然主義文学誕生の必然性を認め、自然主義文学を是認しその文学運動に一定の理解を示していることを意味しよう。

さらにそのことを次に書簡に探ってみよう。

今日以後の日本は、明星がモハヤ時勢に先んずる事が出来なくなったと思ふが如何、自然主義反対なんか駄目々々、（金田一京助宛書簡、明四一・一・三〇）

君は、「せんじつめれば空な人間」といふ語を書いてよこしたが、君、君、君、それだ〳〵、自意識の発達した今の人間が、イヤでも応でも自然主義に走るのはそれだ、天渓の語を借りて云へば、所謂「現実暴落の悲哀」だ。（宮崎郁雨宛書簡、明四一・二・八）

「現実暴露の悲哀」とは自然主義派長谷川天渓の代表的な文芸評論を指す。啄木が郁雨宛に書いたそのほんのひと月前の『太陽』一月号に掲載されたものである。天渓はそこで自然主義について、次のように述べている。

吾れ等現代の人々は、幻像を失ひて後、帰るべき家なく、倚るべなき保護者なきにあらずや。実に宗教も哲学も、其の権威を失ひたる今日、吾れ等の深刻に感ずるものは幻滅の悲哀なり、現実暴露の苦痛なり、而して此の痛苦を最も好く代表するものは、所謂自然派の文学なり。（「現実暴露の悲哀」）

啄木が「卓上一枝」第一章で述べているのは、この天渓の言葉なのである。啄木は天渓の「現実暴親の悲哀」を読んだ上で、自然主義の考察を「卓上一枝」で行なっている。

一切の生活幻像を剝落したる時、人は現実暴露の悲哀に陥る。現実暴露の悲哀は涙なき悲哀なり。何となれば人一切の幻像に離れたる時唯虚無を見る。（「卓上一枝・一」）

この自然主義派の傾向としては生の懐疑、倦怠、愛欲などが主な主題であり、暴露的傾向を生ずる面があった。「人生をあるがままにみる」「何ら解決を必要としない」「成るようにしか成らない」という消極的人生観をもっていた。そしてその結果が悲哀となり虚無と結びついていく面も否定できない。

啄木は第一章に続いて、第二章ではこうも述べている。

作家が技巧を過重して彫琢《てうたく》之事とするに至っては、……人生自然の真と相去る事遂に千里万里の遠きに到る。茲《ここ》に於てか自然主義あり、一切の法則と虚偽と誤れる概念とを破壊して、在るが儘なる自然の真を提げ来る。（「卓上一枝・二」）

啄木はここでも自然主義について、悲哀、虚無など一種の不安を感じつつも理解を示している。今までの作家は技巧を過重して「人生自然の真」から離れてしまった、としているのである。「在るが儘なる自然の真」を追求するのが自然主義だとしているのである。

自然主義文学は現実のありのままの姿を真とし、その真を誰はばかることなく客観的に描写しようとする文学理念である。島崎藤村の「破戒」(明治三九・三)や田山花袋の「蒲団」(明治四〇・一〇)もこの観点に基づくものであり、これらの作品は日本自然主義文学の先駆をなした記念碑的作品となっている。

さて、明治四十一年二月十七日、啄木は藤田武治、高田治作宛にこう書いた。

三月下旬紙面拡張まではウント俗になって釧路を研究し、然る後、専心創作に従ふつもりに候、[注三]

その創作とは自然主義文学のことであろう。啄木と言えども、時代の主潮である自然主義文学の影響を受けざるを得ない。

彼は後の「食ふべき詩」で次のようなことを書き述べている。

思想と文学との両分野に跨《またが》って起った著明な新らしい運動の声は、食を求めて北へ北へと走って行く私の耳にも響かずにはゐなかった。空想文学に対する倦厭《けんえん》の情と、実生活から獲た多少の経験とは、やがて私にも其の新らしい運動の精神を享《うけい》入れる事を得しめた。

新しい自然主義文学運動の潮流を啄木は遠く北海道にあって耳を澄まし聴いている。中央で新しい文学運動の火の手が上がるのを、彼は遠い北海道から目を凝らして見ている。燃えさかって消滅する浪漫主義の代わりに何が新しく生まれてくるのか、見極めようとしている。やがて春四月に入って啄木は、急遽釧路を離れ函館へ向かうことになる。その「離釧理由」は後述の第七節第一項（五六五頁）拙書『石川啄木と北海道』に詳述しておいた。

こうして函館へ戻った啄木は、ここで友人宮崎郁雨の助力を得、単身、東京を目ざすことになる。

小生の向ふべき第一の路は、千思万考の末、矢張小説の外なしと存居候、（小笠原迷宮宛書簡、明四一・四・一七）

飄泊の一年間、モ一度東京へ行って、自分の文学的運命を極度まで試験せねばならぬといふのが其最後の結論であった。（啄木日記、明四一・四・二五）

上京した啄木はまさに創作に専念する。次から次へと自然主義的な小説を書いた。「菊池君」（明治四一・五稿）、「病院の窓」（明治四一・五稿）、「母」（明治四一・五稿）、「天鵞絨」明四一・五〜六稿）、「二筋の血」（明治四一・六稿）などがそうである。しかしそれらの小説は文壇から無視され、いずれも失敗に終わった。原稿は活字にならず、未発表のままの形となった。

なぜそうなったのか。それは「菊池君」における菊池兼治（モデル菊池武治）ではなく、また「病院の窓」における野村良吉（モデル佐藤衣川）ではなく、己れを、石川啄木をあるがままに語れなかったからである。ある人の母や農村の娘などの他者ではなく、自己を語れなかったからである。北海道における醜い自己の真実を告白し、自己を飾らず偽らず客観的に描く。啄木自身のありのままの実人生を正直に赤裸々に写す。己れの虚像を廃し、現実の生活の真を暴露する。つまり自然主義文学のセオリー通りに自己をリアルに書いていたなら、彼の小説は売れ、作家として成功していたはずである。しかし彼にはそれができなかった。

そこにはまだ、それまでの彼の文学活動のバックボーンとなってきたニイチェ張りの超人主義、天才主義、個人主義から抜け切れず、また彼の文学的出発点であった浪漫主義の残滓もあって、そこから脱却できずにいるが故に、彼は当時の自然主義派の文学に完全に乗換えれなかったのである。

「卓上一枝」後半の第四、五、六章については、自然主義の興起も間接的ながらニイチェに負うところありとしてその歴史的経緯を述べ、ニイチェそしてニイチェが影響を受けたショウペンハウエルを論じている。第三章の「適者生存」云々もまた、狂死した天才ニイチェを意識したものである。この一文は彼の評論「一握の砂」や「冷火録」にも引かれている。

啄木は中学時代からニイチェ、ショウペンハウエルの両哲学者、さらには近代楽劇の創始者ワーグナーや文豪トルストイを敬愛してきた。

その彼らの思想や文学に影響を受け、啄木は彼独自の到達した人生哲学「一元二面観（論）」[注四]を秘かに築きあげていた。その立場は北門新報記事「網島梁川氏を弔ふ」や「卓上一枝」、あるいはまた宮崎郁雨宛書簡、[注五]「渋民日記」[注六]等からうかがい知ることができる。啄木は人生の一切の矛盾、一切の撞着は人生二面観の立場によって説明できるものと考えていた。

しかしながらその自己統一への哲学も「生死の大疑を解く能はず」として煩悶、苦悩の境に至る。「卓上一枝」末文では「人は常に自己に依りて自己を司配《ママ》せんとす。然れども一切の人は常に何者かに司配せらる。此『何者』は遂に『何者』なり。我等其面を知らず、其声を聞かず。之を智慧の女神に問へども黙して教ふる所無焉《なし》」として、己れの説に自信をもてなくなり、疑問符を投じてこの人生論を終えている。「卓上一枝」を読む限り、彼の到達しえた「一元二面観（論）」も破綻を見せつつあったのである。正に「かの卓上一枝の如きも……私胸中の矛盾をそのまゝ表白したるものに過ぎず候、」（大島流人宛書簡、明治四一・四・二二）なのである。そして彼はその後、二度とこの世界観について書いていない。全く触れていないのである。

「卓上一枝」にみられるように啄木は文学上、あるいは人生哲学上、焦燥、懐疑、苦悩、矛盾を抱え込んだまま上京した。

北海道から創作上の活動をすべく勇んで上京したと思われる啄木ではあったが、自己の内部には煩悶、懊悩、撞着が渦巻いていたのである。

さて、上京してからの彼は確かに創作活動に専念した。しかし、小説は売れない、生活は逼迫する。その幻滅悲痛から逃避しようとして生まれたのが、歌集『一握の砂』であった。

彼は本当は売れる小説、生活の糧となる小説を書きたかった。歌などは書きたくなかったのだ。歌は彼にとってカタルシスであった。一夜に百二十、百四十首と歌ができた。頭がすっかり歌になっている。興が湧いて次から次へと泣きながら彼は歌を書いている。書きたくもなかったその歌の一群が原型となり、歌集『一握の砂』となって彼の名を不朽のものにして行ったのはまた皮肉である。

彼が作家として世の批評に耐えうる作品（小説）をものにして行くのにはあと二年ほどの歳月を要した。つまり「道」「我等の一団と彼」などの自然主義への批判に向かった作品などがそうである。

しかし、若い啄木の生命を蝕んでいたのは病魔である。彼は作家として大成するにはあまりにも若かった。時間が彼にそれを許さなかった。その故に啄木はその短い生涯を終えざるを得なかったのである。

以上、あれやこれや述べてきたわけであるが、要するにこの拙論を要約すると

(1)「卓上一枝」は啄木が初めて公けに、「自然主義」について見解を述べた文芸輪である。

(2)啄木自身、新詩社派の浪漫主義的立場から自然主義へと軸足を移す転換期の文芸論である。

(3)そこにはまだ、ニイチェ張りの超人主義、天才主義、個人主義、そしてまた浪漫主義から脱却しえず、彼の人生哲学の矛盾撞着をそのまま表白している人生論である。

という三点にまとめることができよう。そして、「卓上一枝」の文学的意義もまたそこにある、と言うことができようか。[注七]

注一　拙書『石川啄木と北海道―その人生・文学・時代―』第三章第三節参照。

二　与謝野鉄幹を指す。

三　釧路新聞を指す。

四　宇宙の根本意志に両面あり、自己発展の意志と自他融合の意志がそれである、という立論。人生のいっさいの事はみなこの両面に帰結する、とする人間観、世界観。

五　明治四十一年二月八日付。

六　明治三十九年三月二十日。

七　この小論はごく最近書きあげたものである。『日本近代文学会北海道支部会報』（平成二四・五）に掲載された。参考にした主な先行研究論文を最後にあげておく。

〈単行本〉『石川啄木』窪川鶴次郎　五月書房（昭和三三）
『啄木評論の世界』上田博・田口道昭　世界思想社（平成三）
『石川啄木』堀江信男　おうふう（平成一一）

〈論文〉啄木と自然主義・社会主義　橋本威「近代文学試論」（昭和四五・八）
「卓上一枝」研究　岩井英資「国語と教育」（昭和五五・三）
石川啄木「卓上一枝」論　田口道昭「立命館文学」（平成四・三）
「卓上一枝」の意義とその周辺　鳥居省三「国際啄木学会会報」（平成四・一一）
（「日本近代文学界北海道支部会報」H24・5）

回　童謡「赤い靴」のモデルについて—雨情・啄木・志郎—

野口雨情の詩に「赤い靴」がある。四節から構成されたその歌詞は次の通りである。

赤い靴はいてた

女の子
異人《いじん》さんにつれられて
行っちゃった

横浜の埠頭《はとば》から
船に乗って
異人さんにつれられて
行っちゃった

今では青い眼に
なっちゃって
異人さんのお国に
ゐるんだろう

赤い靴見るたび
考える
異人さんに逢《あ》ふたび

考える

この詩は大正十年、少女雑誌『小学女生』[注一]十二月号に掲載され、大正十一年八月本居長世がそれに曲を付けて以来、童謡「赤い靴」として親しまれ愛唱されてきた。

さて、この「赤い靴」のモデルとなった人が「岩崎きみ」という少女なのだという。(『赤い靴はいてた女の子』菊地寛著―昭和五四、現代評論社)

今では横浜(山下公園)、静岡(日本平)、東京(麻布十番商店街)、北海道留寿都村(赤い靴公園)、小樽(小樽運河公園)、函館(ベイ・エリア)、青森県鰺ヶ沢町(海の駅「わんど」)にとその少女の像が建てられ、さらに今札幌に、という話もないわけではない。

そこで、菊地氏の同著や岡そのという女性の投稿新聞記事(「幻の姉『赤い靴』の女の子」(北海道新聞、昭和四八・一一・一七)などを参考にしながら、ここで少女やその家族のことを紹介してみよう。

岩崎きみは明治三十五年七月に静岡県安倍郡不二見村(現静岡市)に生まれた。母の名を岩崎かよと言った。父の名はわからない。

明治三十八年夏、母かよは函館にいた。そして鈴木志郎と出会い、結婚の約束をする。志郎は青森県西津軽郡鰺ヶ沢町出身の人で函館の近く大沼に住んでいたが、当時、社会主義者たちが北海道真狩村八ノ原（現留寿都村）に計画していた「平民農場」[注二]に入植を決めていた。

かよは身内の強い勧めもあって、見知らぬ人にきみを養女として預ける。開拓農場への入植は幼い子にとって無理であろうと、悩み苦しみぬいた末のことである。菊地氏によると、その養父母はアメリカ人宣教師[注三]C・W・ヒュエット氏だという。

二人の結婚式は明治三十九年に入り、農場で行われた。

ところがその農場の第二家屋が同年八月に火災に遭うなどして、農場経営は行き詰まってしまう。夫妻は他の仲間数人と農場を離れざるを得なかった。

その後、志郎夫妻[注四]は札幌に出たという。また、札幌ではなく小樽に出たという人もいる。

岡そのさん（志郎息女）や菊地寛氏の説に従えば、この時、鈴木志郎、野口雨情一家は札幌郊外の山鼻に一軒の家を借り二家族で住んでいたという。そして雨情夫人が岩崎かよ（鈴木かよ）からきみのことを知り、それを雨情に伝えたのだという。

志郎は明治四十年十月には確かに小樽にいた。この年十月に創刊なった小樽日報に事務として入社したのである。

そこには野口雨情、石川啄木が記者としていた。

その小樽日報は経営上思わしくなく、明治四十一年四月に廃刊となる。

志郎はそこで札幌に出る。札幌では北門新報社にいた。かつての啄木の勤めていた新聞社である。その北門新報も間もなく廃刊（明治四一・七）となり、後、彼は古巣の真狩村（留寿都八ノ原近く）に再入植する。そして大正二年にカトリック信者となり、同四年に室蘭の輪西製鉄所に職工として勤め、大正十二年には棒太に渡り豊原の天主公教会の伝道士となる。

昭和十五年、夫妻の娘そのの夫が小樽の商業学校に英語教師として赴任するのを機に、一家は小樽に戻った。そしてそのの母かよは昭和二十三年に、父志郎は同二十七年に小樽で亡くなった。かよは享年六十五歳、夫志郎は七十三歳であった。

ところで、[注五]かよは生前娘きみのことをそのに語っていたという。「アメリカの宣教師に養女として出した」「野口雨情の赤い靴のモデルになった人」ということを。そのは母の話していたことを信じてきた。信じていたことを新聞に投稿もした。

それが、昭和五十三年、菊地氏の調査によって、実はきみは結核を患い、明治四十四年九月、彼女九歳の時に東京の麻布教会付属の孤児院で亡くなっていたことがわかる。親に看取られることもなく、一人さびしく亡くなっていた。

この悲しい物語は評判を呼び、ことの顛末がＨＴＢ開局十周年記念番組『赤い靴はいてた女の子』として昭和五十三年十一月三日に全国ネット（朝日テレビ系）で放映された。プロデュースしたのはＨＴＢディレクター菊地寛氏であった。

こうして幸薄き少女のことが世に知られるようになって、横浜の「赤い靴はいてた女の子」像（昭和五四）、静岡の「母子像」（昭和六一）、東京の「きみちゃん」像（平成一）、留寿都の「母思像」（平成三）、小樽の「赤い靴親子の像」（平成一九）、函館の「赤い靴の少女像」

（平成二一）、鰺ヶ沢の「赤い靴記念像」（平成二二）へと繋がっていく。

昨今少女の生きた証しを語り継ごうとそれぞれの地で「赤い靴」が奏でられ、灯籠流しやコンサートなども開かれて、きみちゃん像を囲んでの交流など賑々しい。

また、このことが事実として定着するようになり、『日本キリスト教歴史大事典』（教文館、昭和六二）や『来日メソジスト宣教師事典』（教文館、平成八）などにも、「赤い靴」との関係でC・W・ヒュエット氏の項目が新たに記載されるようになった。そしてそれだけではない。歴史や小説、童話、童謡の世界にまで数多く取り上げられるようになってきた。

さて、前置きが長くなったが、ここから本題に入る。私の言いたいのは、実は岩崎きみは「赤い靴」のモデルとはなり得ないのではないか、ということである。

これらのことのそもそもの発端は北海道新聞に掲載された藤女子大学教授山田昭夫の「平民農場の興亡（北海道の〈新しき村〉）」（昭和四三・五・二四～二五）にあろう。

この風変わりな名称の農場について触れた初めての本格的な論考である。

ここに鈴木志郎の名が出てくる。この一文が契機となって、岡その（北海道中富良野町在住）という人が「幻の姉『赤い靴』の女の子」を北海道新聞に投稿し、掲載される（昭和四八・一一・一七）。さらにこの記事に目を止めていたHTBの菊地寛氏が強い関心を持ち、追跡調査をするようになる。氏が留寿都、函館、東京、静岡にと足を伸ばし、そしてとうとうアメリカにまで渡ってその調査結果をまとめたものが、前述『赤い靴はいてた女の子』（現代評論社、昭和五四）と言えよう。

「幻の姉」について書いた岡そのという女性は鈴木志郎の三女である。岩崎きみの異父妹に当たる。彼女の新聞に投稿した記事には「赤い靴」の歌詞の紹介後、こうある。

「詩人野口雨情は私の長姉君子のことをこのように歌っている。彼女は私の父鈴木志郎の長女で明治の末期にアメリカの宣教師に養女として貰われ、アメリカに渡っている。」

「母から聞かされた断片的な話を総合すると……父母は農場解散の前に札幌にでて北門新報社に入社している。同僚に石川啄木や野口雨情[注六]がおり、父母は雨情夫妻と同市山鼻に比較的広い借家を借りていたので同居していたらしい。」

「野口さんは温厚な人であること、奥さんは郷里の裕福な家庭のお嬢さんで、贅沢な衣類を沢山持ってきたが、新聞社の給料不払いのためにほとんど質に入れてしまったこと。生まれて間もない男の児がいて、それが私の姉信と同じ年であるため非常に親しくしていたこと、従ってアメリカに渡った長姉君子のことも話したらしく、それを雨情が童謡「赤い靴」に書いたと思われる。」

「明治四十年秋には、啄木、雨情らと共に、小樽に創立された小樽日報に入社しているが、この新聞も創刊当初から紛糾が絶えず、父母の話によれば、啄木の野心から、主筆の岩泉江東を排斥して好人物の雨情を主筆に据え、自分が実権を握ろうとしたとのことであるが、この間の詳しいことは啄木の日誌「小樽のかたみ」に詳細にでているので省略するが、父のこのことについてはこの文中と、歌集[注七]『悲しき玩具』の中に氏名もでているので興味のある方は読んで頂きたい。」

そして最後に

「私の生まれる十年も前に、日本を去った姉の顔を偲ぶよしもないが、瞼をとじると、赤い靴をはいた四歳の女の子が、背の高い眼の青い異人さんに手をひかれて嬉々として横浜の港から船に乗って行く姿を幻の様に思いうかべることができる。」という文でむすんでいる。

この投稿文は簡潔にして要を得ている。一見、実に脱得力もある。

しかし、間違いもないではない。人の記憶とか聞き書きとかは得てして不確かな部分が交じるのは当然であろう。問題はそれをどう実証的科学的に証明していくかである。菊地氏の『赤い靴はいてた女の子』の執筆の動機はそこにあったはずである。

菊地氏のそれもまた一読してなかなか感動的である。筆力が旺盛で、一気に読ませる魅力に富んでいる。すぐれた文学ともなっている。

しかし、文学であっては困るのである。氏はHTB社員としてアメリカにまで足を運んだ。

そして実に精力的丹念に「赤い靴」の女の子のモデル捜しを試みているのではあるが…。

次に私が岩崎きみが「赤い靴」のモデルとなり得ないという理由を六点ほどあげておく。

理由① 岩崎きみ（明治三十五年生まれ。明治三十七年に静岡県江尻町の佐野安吉の養女となっている。戸籍に見える。）がアメリカ宣教師の養女となったという戸籍上の事実はない。

あくまでも岩崎きみは戸籍上は明治三十七年の佐野きみで終わっている。法律上の変動がない限り、アメリカ人の養女となったとは言えない。もちろん、明治四十年代当時のこと。戸籍上の厳密さがなくても、貰い子にするとか預かるとか、養女にする、養子にする、あるいは里子として育てる、という、言わば、事実上の養子となるということは当時ありえたと思う。しかし外国人の、それも宣教師の事実上の養子になるということはありえない。

岡そのは母から、きみはアメリカの宣教師の養女になったと聞かされていたという。

確かに『来日メソジスト宣教師事典』によると、当時、C・W・ヒュエットというアメリカ人が明治三十九年〜四十年に函館の、そして四十〜四十一年に札幌のメソジスト教会の宣教師をしていた。

それが即、きみと結びつくというわけでもあるまい。結びつく根拠がどこにも説明されていない。宣教師ヒュエット夫妻が日本の女の子「きみ」を養女にしたという戸籍や記録、写真、証拠などはどこにもないのである。

ただ、菊地氏によると、C・W・ヒュエットが日本の少女を養女にしたという証言をヒュエットの親戚の人からアメリカで得たという。しかし、それを証明する人は菊地氏一人しかいない。それもまた、その少女が岩崎きみであるという証拠はどこにも示されていない。親戚の人にその少女を見たという人もいない。

理由②　岩崎きみは「赤い靴」のモデルであると菊地氏や岡そのは言うが、歌詞は「横浜の埠頭《はとば》から船に乗って異人さんにつれられて行っちゃった」であり、「今では青い眼になっちゃって異人さんのお国にゐるんだろう」である。

きみは赤い靴はいてアメリカに渡ったとか、異人さんのお国にいたという事実もない。このことは菊地氏自身によって証明されている。きみは結核性腹膜炎のため永[注八]坂孤女院に預けられ、他の孤児とともに佐野きみとして教会の共同墓地（青山墓地）に眠っているからである。（『赤い靴はいてた女の子』）

以上、二つの理由で十分であると考えるが、さらに四つほど。

理由③　岡そのの投稿文には「父母は農場解散の前に札幌にでて、北門新報に入社している。同僚に石川啄木や野口雨情がおり、父母は雨情夫妻と山鼻に比較的広い借家を借りていたので同居していたらしい。そこで非常に親しくしていたこと、従ってアメリカに渡った長姉君子のことも話したらしく、それを雨情が童謡『赤い靴』に書いたと思われる。」と推し量っている。（傍点筆者）

しかし、札幌の北門新報社で啄木、雨情、志郎が同僚であったという事実はない。

それから、志郎、雨情一家が札幌山鼻で同居あるいは隣どうしであったという根拠は何もない。そのことについては雨情についてのどの研究文献にも見当たらないし、雨情が山鼻に居住していたということについても一切言及されていない。二人の山鼻での接点は岡そのの言以外にはないし、その裏付けは皆無である。

理由④　菊地氏によると、鈴木志郎の勤めた札幌の・・北門新報社がなぜか札幌の北鳴新報社となっている。その新聞社で志郎は雨情と同僚で、二人は山鼻で一軒家を借りたことになっている。

確かに雨情はその頃（明治四〇・七～同九）北鳴新報社にいた。しかし、北鳴新報社に志郎がいたという資料はどこからも出てこないし、啄木研究者なり、雨情研究者なりの誰もがそのことについて述べていない。

二人が北鳴新報で同僚であったのなら、彼らはそれから小樽日報に入社するわけであるから、二人の北鳴時代のことが何らかの形で触れられていいはずであるが、それもない。志郎の北鳴新報入社説は菊地氏の新説であるが、その新説の根拠はどこにも示されていない。

理由⑤　雨情は明治四十年七月二十日頃北鳴新報入社のため来道（『定本野口雨情』年譜）ということになっている。当初は札幌大通りの花屋という小さな下宿屋にいた。それから少し経って郷里茨城から札幌に妻子（妻ヒロ、長男雅男）を呼び寄せているから、雨情は家族のために花屋を出てどこか他に間借りしていたことは考えられる。

その期間は明治四十年七月下旬～十月十三日であろう。啄木日記十月十三日の項には「野口君の移転に行きて手伝ふ」とある。雨情はこの頃小樽日報社員として単身、小樽色内町にいたわけであるから、これは雨情の家族（妻、長男）の札幌から小樽への引っ越しを意味している。引っ越し先は小樽開運町である。

それではその間（明治四〇・七下旬〜同一〇・一三）の雨情一家の札幌で住まいしていた場所はどこなのか。私はそれが岡、菊地両氏の述べている山鼻であるとはどうしても思えない。というのは、啄木が雨情と初めて会ったのは明治四十年九月二十三日。その啄木の九月下旬頃の日記を読むと、気軽に雨情宅を訪ねている様子がわかる。

九月二十七日の項には「午前北門社にゆき……退社の事を確定し……帰途野口君を訪へるに、小樽日報主筆たる岩泉江東に対し大に不満あるものの如し」とある。つまり二十七日のそれは北門新報社の帰途、野口宅を訪ねていたことになる。北門新報社は北四条西二丁目、啄木の下宿先は北七条西四丁目にある。「帰途」とある以上、雨情宅はこの間に、あるいはこの両住所のほど近くにあったはずである。山鼻は社からの帰途上にはないし、啄木居住宅から遠く、気軽に通える所ではない。

理由⑥　「赤い靴」は大正十一年に本居長世によって作曲され国民愛唱歌となっていくのであるがこれほど有名になっても、雨情が昭和二十年に亡くなるまで、「赤い靴」のことについては語っても「赤い靴」のモデル「きみ」については一言も言及していない。これも不思議なことのひとつである。

[注九]以上の理由から、「赤い靴」のモデルは岩崎きみであるとは言えないと私は思っている。

つまり「赤い靴」の女の子は実在しなかったのである。雨情の創作上の詩的世界には確かにいた。仮に一歩ゆずって実在した人物であったにしてもそれが岩崎きみであるという確証は何もない。菊地氏の『赤い靴はいてた女の子』を読んでも、またＨＴＢの放送番組『赤い靴はいてた女の子』を観ても、岩崎きみの存在感がどうも希薄なのである。

菊地氏の思い入れは実によくわかる。また、岡その の言説に基づいての追跡調査の労を多とし、評価もしたい。だが、そのことが事実として構築されてしまうことには、ドキュメンタリーとしてはいささか危険性をはらんでいる。もっとも菊地氏は『赤い靴はいてた女の子』の「まえがき」で「わたし自身の想い入れを、許される範囲ながらも、思い切って織り込んで創った、いわばドキュメンタリードラマともいえるかと思います。」と述べているのではあるが……。

私はその頃一度菊地氏と連絡をとったことがある。

その時の返信（昭和五四・四・一〇）には、「内容は、私自身の足跡をドキュメンタリーとし、そこから発想して、仮説創作を織り込んで構成したもの」とあった。

菊地氏は実に率直謙虚である。本人は自分の思い入れから自説に自信を深めながら、一方で自分の仮説につき動かされ、番組構成の可能性を感じとった。ただ、それは多分に「物語」としての要素が強かったが……。それにはＨＴＢ開局十周年という時間的制約もあって、「赤い靴」の「きみ子」の実像を追求し切れなかったのではなかろうか。

私は「赤い靴」が放映された当初、事実としては首をかしげる部分も多々あったが、北海道の民衆史の一端にも触れていて感動的ないい番組だと思った。しかし、その後のその書物なり放送番組の影響力を考えるとどうも気にかかる。今後も各地に「赤い靴」の岩崎きみ子像が建立されていくことに、私は危惧を覚えるからである。岩崎きみとは関連しない単なる物語としての、また単なる観光資源としての「赤い靴」の少女像ならば問題とすべき点は何もないのであろうが……。

結果的に、「『赤い靴』の女の子のモデルは私の長姉」「宣教師につれられてアメリカに渡った」「アメリカからも一、二度は（母のところへ）手紙があった」「宣教師の名はわからない」と語っていた岡そのにとって、この物語の結末は驚愕するものであったろう。HTBの番組に駆り出され幻の姉と青山墓地で対面した時、彼女は呆然自失の体で涙も出なかった。彼女にあっては、思い描いた世界とあまりにもかけ離れたエンディングだったのである。

「ここで泣き伏してください」（「新・北の歌ごよみ」朝日新聞、昭和五四・五・二五）とカメラマンにこう注文された時、岡そのの感慨はいかばかりのものであったろう。

周囲の人はみな善意でことを進めたわけである。そして岡その自身、母から聞かされていたことを信じていたのである。そしてまた、そのの母かよが語ったことが正しくそのに伝えられなかった部分もあったのではなかろうか。そしてそれはそれとして、しかし、岩崎きみ自身にとっては過酷な一生であったことだけは確かなようである。

結論として、この種のものは雨情らしい文学的フィクションの世界ととらえ、女の子をロマンの世界に遊ばせておいた方がいいのではなかろうか。「赤い靴」の女の子は童謡の世界

に生まれ、そして今も生き続けている、それでいいのではなかろうか。私はそう思っている。[注十]

注一 雨情は同じ大正十年十二月に「青い眼の人形」を『金の船』に発表している。この詩は内容的に「赤い靴」と対照的になっている。また、「赤い靴」と同じく、大正十一年八月に本居長世によって曲が付けられ、「赤い靴」「青い眼の人形」は言わば一対の形の童謡となっている。

二 幸徳秋水一派の「平民社」有志が、明治三十八年四月に留寿都に十一町歩ほどの土地を購入し、共同経営を試みた北海道開拓事業。後年、武者小路実篤の提唱した「新しき村」の原型となったものといわれる。「平民農場」は明治四十年十二月、資金難により解散している。なお、このことについて触れた最初の文献は渡辺惣蔵の『北海道社会運動史』（昭和四一・五）であろう。

三 『来日メソジスト宣教師事典』（教文館）によると、当時C・W・ヒュエットというアメリカ人が明治三十九年～四十年函館メソジスト教会宣教師、明治四十～四十一年札幌メソジスト教会宣教師となっている。

四 夫妻は火災後の九月に農場を出てから樺太に渡ったという資料がある。「鈴木志郎氏は佐野翁の義理の娘の岩崎かよ子と結婚して樺太へ行けり。」（日本社会党機関誌「光」—「平民農場だより」明治三九・一〇・五）。もし札幌あるいは小樽に入ったとしたなら、樺太からであろう。札幌説は北門新報社に勤めたという人（「幻の姉『赤い靴』の女の子」岡その、北海道新聞、昭和四八・一一・一七）、北鳴新報社に勤めたという人（『赤い靴はいてた女の子』菊地寛）、小樽説では小樽日報社に勤めたという人（「平民農場の人びと―石川啄木と鈴木志郎―」藤女子大学教授山田昭夫、北海道新聞、昭四三・七・一〇）、「『悲しき玩具』をめぐる問題」日本大学教授岩城之徳『短歌』昭和四六・四）、様々である。

五　「幻の姉『赤い靴』の女の子」（岡その、北海道新聞、昭四八・一一・一七）

六　雨情はこの頃札幌の北鳴新報社に勤めている。北門新報社に勤めたことはない。

七　啄木の『悲しき玩具』に入集されている、

名は何と言ひけむ。
性は鈴木なりき。
今はどうして何処にゐるならむ。

という歌を指す。鈴木志郎は初め小樽日報の事務として入ったが、後に三面記者となる。したがって啄木の同僚であり、三面主任記者啄木の直属の部下でもあった。後に啄木は社会主義の思想を持つに至るが、かつての同僚でもあり社会主義者でもあった鈴木を懐かしく思い、こう歌ったのである。啄木は鈴木の名を失念していたのであろうが、追懐して歌を詠んだ時、鈴木はかつての平民農場近くに再入植し、農業のかたわら郵便配達をしていた。

八　日本の「メソジスト麻布教会」（現、鳥居坂教会）に設けられた女子用孤児院。

九　このことについては拙稿「鈴木志郎と石川啄木」（『原始林』昭和五四・七）で少しばかり触れておいた。

十　この原稿は平成十九年一月に書きあげ、事情あって手元に置いてあったものである。それに一部手を加え、今回発表することにした。というのは「『赤い靴』をめぐる言説」亀井秀雄（『国語論集』9、平成二四・三）と「『赤い靴』をめぐる言説について」阿井渉介（『国語論集』10、平成二五・四）の二編の論稿に誘発され、拙稿発表時期がきたものと判断した故である。

（主な参考文献）
『北海道社会運動史』渡辺惣蔵（昭41・5）
平民農場の興亡　山田昭夫　北海道新聞（昭43・5・24）
平民農場の人々　山田昭夫　北海道新聞（昭43・7・10）
『悲しき玩具』をめぐる問題　岩城之徳　『短歌』（昭46・4）
幻の姉「赤い靴」の女の子　岡その　北海道新聞（昭48・11・17）
『赤い靴はいてた女の子』　菊地寛　HTB（昭53・11）

『赤い靴はいてた女の子』　菊地寛　現代評論社（昭54・3）
『平民社農場の人々』小池喜孝　徳間書店（昭55・12）
『はいてなかった赤い靴』阿井渉介　徳間書店（平19・12）
「赤い靴」をめぐる言説　亀井秀雄『国語論集・9』（北海道教育大学釧路校、平24・3）
「赤い靴」をめぐる言説について　阿井渉介『国語論集・10』（北海道教育大学釧路校、平25・4）
（『国語論集・11』北海道教育大学釧路校、H26・3）

あとがき

平成九年三月、私は教員を定年退職した。それから早や、二十五年ほどになる。その間、拙稿をあちこちに発表してきた。主に函館の『街』や札幌の『札幌市民文芸』などにである。それをそのままにしておくのもどうかと思い、最近、一冊にまとめてみたいと思うようになった。

以前、退職記念にとエッセイ集『風塵記』を刊行したことがある。それにちなみ、今度は『梁塵記』(家の梁の上に積もる塵みたいなもの)と題して発行することにした。折りにふれ、事につけての所感を書き連ねたものである。

掲載順序については、発表年月日の順にした。「Ⅰ」は平成十四年、「Ⅱ」は平成三十年までのこと。但し、「Ⅰ」の冒頭三編は前著から借用、掲載した。これを入集することによりエッセイ集の性格がより強まると思ったからである。

また「Ⅲ」は私の長年の啄木研究から北海道に関係する四編を選んで載せることにした。前著『風塵記』の「啄木小論三題」に倣って入れたものである。

これで全体の骨格が整ったような気がする。

カットは坂本直行氏の水彩画をお借りすることにした。

拙い私の雑文集であるが、ご一読賜れば幸わいです。

令和五年一月

福　地　順　一

総目次

（数字は掲載年月日）

Ⅰ　花の譜・中標律（エッセイ・1）

ミヤマオダマキの花と私（「北海道新聞」S51・7・1）……9
ある日の私の釣行記（「豊談」S52・6）……11
N高甲子園譚（「北方文芸」H8・10）……17
楡林の鐘の音（「鐘音」H9・7）……25
近況報告（「函館中部高校旧職員会近況報告」H10・12）……26
拝啓ふるさと（「北海道新聞」H12・1・27）……28
塞翁が馬（「街」H12・12）……29
宿野辺川（「街」H13・2）……31
美濃吉（「街」H13・9）……32
鳩（「街」H13・11）……37
伝説の樹（未発表　H13・12記）……40
北限の能「善知鳥」（「街」H13・12）……43
ひばり（「街」H14・4）……47
菖《そう》敵《しょう》と柳川熊吉（「街」H14・5）……50
花の譜・中標律（「街」H14・6）……53

ねぷた祭り（「街」H14・8）……59
おわら風の盆（未発表　H14・10記）……62
熊出川釣行記（「街」H14・11）……66
阿波おどり（未発表　H14・12記）……72
人生百年（「街」H14・12）……75

II　奥尻・月暦（エッセイ・2）

鴨田の赤パンツ（「街」15・1）……79
前相撲を観て（未発表　H15・1記）……83
奥尻・月暦（「街」H15・8）……86
YOSAKOI・ソーラン祭り（未発表　H15・夏記）……91
弘前の桜（「さっぽろ市民文芸」H15・10）……96
至福の時（未発表　H15・10記）……99
東京病（「街」H16・3）……100
桜んぼの実る頃（「さっぽろ市民文芸」H17・10）……107
関ヶ原と津軽藩（「札幌鏡ヶ丘同窓会だより」H18・6・17）……110
リンゴの袋張り（「さっぽろ市民文芸」H18・10）……114
私の釣行記・美国川（「さっぽろ市民文芸」H19・10）……118

野幌森林公園の自然観察会に参加して …… 121
（「エゾマツ」H20・秋季号）
『杜甫・李白・白楽天―その詩と生涯―』を刊行して …… 124
（「街」H20・10）
日本統治時代の証言 …… 127
（YAHOOネット　H20・10・23）
第五回『文芸思潮』現代詩賞を受賞して …… 131
（YAHOOネット　H22・1・14）
第十四回日本自費出版文化賞「詩歌部門賞」を受賞して …… 140
（『日本自費出版年鑑二〇一一』H23・10）
崩御 …… 142
（未発表　H24・5記）
第二十一回日本自費出版文化賞「大賞」を受賞して …… 144
（著者インタビュー）
（『日本自費出版年鑑二〇一八』H30・10）
「弘前コーヒー」 …… 153
（未発表　H31・3記）

Ⅲ　啄木小論・四題

大竹敬造校長と石川啄木 …… 159
（「北方文芸」S52・9）
石川啄木と釧路の花柳界 …… 168
（「北方文芸」S56・5）
評論「卓上一枝」について …… 188
（「日本近代文学会北海道支部会報」H24・5）
童話「赤い靴」のモデルについて …… 203
―雨情・啄木・志郎―
（『国語論集・11』H26・3）

〈著者紹介〉

福地順一（ふくち　じゅんいち）

略歴―1936年青森県弘前市生まれ。

1959年弘前大学文理学部文学科（国文学）卒業。東奥義塾高校（弘前）、函館中部高校、札幌南高校、函館東高校（校長）、札幌拓北高校（校長）など教員生活38年。

後、札幌予備学院講師（漢文）8年。
○日本ペンクラブ、日本歌曲振興会会員。

著書―『風塵記』（1997）、『ベーシック漢文』（1999）、『杜甫・李白・白楽天―その詩と生涯―』（2007）、『津軽・抄』（2007）、『石川啄木と北海道―その人生・文学・時代―』（2013）、『あきらめの旅にしあれば』（2017）、『風塵記・抄―本能寺から山崎、賤ヶ岳へ―』（2021）、ほか。

賞―『豊談』230号記念エッセイ賞「天位」、第5回『文芸思潮』現代詩賞、第14回日本自費出版文化賞「詩歌部門賞」（『津軽・抄』）、第21回日本自費出版文化賞「大賞」（『石川啄木と北海道―その人生・文学・時代―』）、ほかに『日本ペンクラブ電子文芸館（詩歌部門）』に詩歌5編採録・掲載される。

梁塵記

2023年2月19日初版第1刷発行
著　者　福地順一
発行者　百瀬精一
発行所　鳥影社 (choeisha.com)
〒160-0023 東京都新宿区西新宿3-5-12トーカン新宿7F
電話 03-5948-6470, FAX 0120-586-771
〒392-0012 長野県諏訪市四賀229-1（本社・編集室）
電話 0266-53-2903, FAX 0266-58-6771
印刷・製本　シナノ印刷

ISBN978-4-86782-003-2 C0095

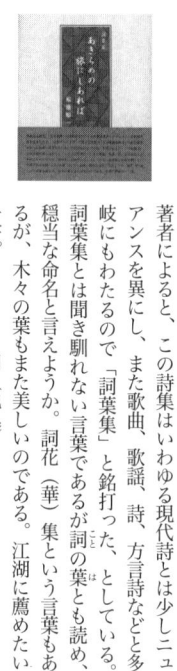